一场
关于**前男友**的
葬礼

张躲躲 —— 作品

A novel
about the funeral of ex boyfriend

北京联合出版公司
Beijing United Publishing Co.,Ltd.

一场关于前男友的葬礼

Contents

目录

前言

Preface

一场关于前男友的葬礼

有一年，我的一个闺密跟男朋友吵架，说尽人间狠话。她千里迢迢跑到北京的雍和宫来烧香，说要诅咒她男朋友做生意稳赔不赚。没过几天，她男朋友追过来，两人和好如初，如胶似漆，她完全忘记许下的愿。没承想，接下来的大半年里，她男友倒霉倒到了外太空，买股票赔钱，签合同被骗，去南方养虾还遭遇了大台风，几万尾虾苗都被吹跑。闺密在惊恐中想到了自己曾经许下的恶愿，吓得屁滚尿流，急忙赶到雍和宫，加倍奉上香火钱。

每次想到这件事我都笑得肚子疼，企图写到稿子里挣稿费，她都恶狠狠地威胁我说："胆敢走漏风声，当心我也咒你一次。"玩笑归玩笑，仔细想想这很可怕。被爱情冲昏头脑丧失心智的女人什么手段都使得出来，我那么爱你，你不爱我，你就得死。

但事实上，凭我对“作女”们的了解，那些“作”的人比被害者还心痛。因为我就曾经是个特别“作”的人，占有欲强，忌妒心重，翻男朋友手机短信、调查骚扰他的女性朋友、翻他书包口袋这种事儿，我每样都做过。后来他离开了我，我买醉、发疯，在人来人往的路边大哭。我甚至深深地诅咒过他：“没有我，你不会幸福的。”过了很久才大彻大悟，爱不是放肆撒野，爱也不能强行求证，爱是越证明越少的东西。在懂得节制之前，我们都分不清“爱”与“爱欲”的区别。前者是简单纯粹的付出与欢喜，后者则揉进太多控制和痴缠。

我絮絮叨叨写了好多故事，翻来覆去想说清的，也不过是这样一个简单的道理。

我想，当我这本书上市的时候，里面的故事多半已经在网上流传开了。他们纷纷跑来对我说：“我就是你故事里的人。”“故事里主人公的心情我感同身受。”“我也处在那样的处境，你告诉我该怎么做？”当然，问得最多的还是：“这故事是真的还是假的？”

我统一回复：“如果你相信，就是真的。如果你不信，那就是假的。”

作为讲述者，我只能根据我所了解的情况呈现出这样一个故事、一份感动、一种觉悟。真相和虚妄之间原本就只隔着很微小的距离，一些遗漏或隐藏的细节可能影响它的性质。若一定要追问我的态度，我只能说，即便它有虚构的成分，其中的情意却真，所以我选择相信。

这本书写得特别不容易，几乎把我眼见的、耳闻的、经历的失恋都重温了一遍。把各种相思的煎熬、离别的怅然、刻骨的觉悟都做了一番整理，甚至连续很多个晚上做梦都会梦到旧人旧事。我梦见他们明眸皓齿、年华正好，在甜蜜的恋情中绽放笑容，一转眼却又眼含热泪，说此情难续、生无可恋。然后我就失眠，跑到阳台上看路灯、看月亮，狠狠发誓再也不写东西。

写完之后，又深感庆幸。很少有人能够把自己的青春做一次干净利落的梳理，并以文字的形式保存。我做到了。在青春的尾巴尖儿上完成这样一本书，把自己、朋友们的恋情都做了一个华丽谢幕。告别是最好的成长体验，当我们能够将一次次失声痛哭转化成一个个含泪的微笑的时候，就真正懂得人生的可贵了。

这个令人震惊的书名是编辑帮我想到的。起初觉得太突兀，后来细想，越发觉得在理。我做不到那么狠心肠，诅咒所有前男友去死，但是扪心自问，那些所有被劈腿、被抛弃、被小三的人，谁没有咬牙切齿地恨前任如附骨之疽？

世界上最残忍的不是分手，是分手之后你还爱他，还以为他会回来找你；最可怕的并不是变心，而是明知道自己是在做错的事情，但依然继续。

与其放任自己在那个沼泽里放纵、沉沦、堕落，不如当他死了。死了，一了百了。这样才不会浪费更多时间在这个终究看不到未来的人身上。斩断跟他最后的联系，让他在记忆中变成一捧灰烬，随风丢掉，连一丝一毫的温情都别留恋。把曾经放在他身上的痴迷、专注、奉献，统统用到自己的身上。

认真去爱永远都不是一种浪费，勉强去爱，才是。

一场关于前男友的葬礼

有一年我特别穷，又特别想出去玩，就开启了骚扰朋友模式，从北京出发，一路找老同学蹭吃蹭喝，最后到了丽江。约了同学去虎跳峡，不巧她临时有急事要出门，就把我托付给她的一个闺密纳云。纳云和我同学在同一所高校当老师，为人爽快，笑声爽朗，“吐槽”的时候像直筒倒豆子，是个一见面就能喝酒诉衷肠的坯子。当然，那天我们没喝酒，她要开车。

一路上有说有笑，纳云给我讲她当老师的种种哭笑不得的经历。她说现在的孩子太奇葩，简直没法管理。你跟他们亲近吧，他们就跟你没大没小；你跟他们疏远吧，他们又不愿配合你工作。我说，其实历届学生都差不多，我当学生那会儿也没少让老师头痛。她说：“现在你老师要以你为骄傲啦，你都是作家了。”我就惭愧得想用脑袋撞车窗。

就这样聊到了我正在写的小说，纳云问我在写什么，我说我打算写一个关于爱情的故事。说到“爱情”这俩字，我自己都有点儿不好意思。“真尴尬，我已经到了一个羞于说爱的年纪。”

“有什么好尴尬的！”纳云说，“你素材够吗？写写我吧，我的故事可以写成流行的那种，虐恋。”她像是要加重语气似的，强调了一下，“特别虐，虐到死那种。”

我一下子笑出声：“太好了，我就喜欢这种要死要活的，快给我讲。”

“那时候我刚参加工作，舞会上认识了我男友。他是搞地质勘探的，在深山老林里工作了好几年，然后回学校读博士。他虽然年轻，但是阅历丰富，张嘴就是故事。他的知识储备量惊人，认识每一种植物、动物和石头，夜观天象懂得日月星辰的各种变化。有些男人是娱乐频道，乍一看有趣，但是哈哈一笑之后就什么都没有了。但是有些男人是探索频道，乍一看枯燥，但是越看越觉得有意思、有品位，只要看进去就戒不掉。他就是后一款！

“你知道吗，那种男人带着一种浑然天成的神秘气息，就像裹在顽石里面的一块璞玉，只有有慧眼的人才能看到其中的精华。我从小就跟我爸爸学赌石，我知道我这次一定会赌赢。

“差不多全学校的人都知道我追他追得多疯狂，他上课我都跟着去，为了多些时间跟他在一起，我把自己的课程安排都改了。那时候我带大一新生，我自己却跟大一新生似的完全没头脑，心智都被这个男人迷住了。我的学生都打趣我，说要帮我去他宿舍楼下弹吉他、点蜡烛、献花表白。”

纳云描述得眉飞色舞，我都跟着激动起来，忙着追问下文。

“下文就是，我们在一起了呀！他说他喜欢我的单纯，说白了就是傻气。但是我不介意啊，谁让他那么有智慧！我再怎么有小聪明，到他面前都是傻子。我愿意当这样的傻子，听他讲让人心悦诚服的道理。只要拉着他的手走在一起，每天跟他一起吃饭、一起睡觉，以后生两个聪明的小孩，再养一条老狗，生活就圆满无比。

“当年我俩谈恋爱还算学校的一条新闻呢，因为我是老师，他是学生，有人说我不讲‘师德’。不过无所谓呀，我是硕士，他是博士，而且工作过好几年，他比我成熟得多，实际上他是我的老师。而且他懂得照顾我、帮助我，帮我改掉很多毛病。说我们不般配的，就是因为忌妒！

“你有过那种感觉吗？每天晚上想着一个人的名字入睡，早上醒来睁开眼想到的就是他，恨不得和他手拉手一夜白头。

有他在身边，无聊的生活有了光彩，按部就班的日子变得充满期待。得到什么好东西，只有跟他分享才会真正开心。取得一点点成绩，只有他点头认可了才会真正自我肯定。就好像……就好像一条小船在海上独自漂泊了很久，终于找到了可以停靠的母舰，要结伴而行，在生活的大风大浪里同行了。”

纳云像诗人，回忆起恋爱的日子时妙语连珠。

“后来呢？”我迫不及待地追问。

“他是在虎跳峡向我求婚的。那次我们一起出去玩，天气特别好，浪花飞溅，我站在江水前，他帮我拍照。他说，一瞬间，他看到彩虹架在我头顶，美得不可思议，快门都忘了按，却跑到我身边拉着我的手说：‘嫁给我吧！’我当时完全傻掉了，还以为是江流轰鸣声太大导致我耳鸣幻听。我大声追问了一句：‘什么？’他大声喊：‘纳云，嫁给我！’连旁边的游客都听到了，都朝我们看过来。我高兴死了，整个人要爆炸了，我使劲儿喊了出来：‘我愿意！’旁边的人集体为我们鼓掌。”

“你看，”纳云把钱包递给我，说，“就是这张照片。”

她的长钱包很厚，有好几个夹层，整洁有序，依次摆放着银行卡、票据、纸钞，最后一个夹层里单独放了一张彩色照片，背景是虎跳峡的滚滚江水，上面的两个人抱在一起，笑得灿烂，头顶上方隐约还有彩虹。真是最好时节里最幸福的一对璧人。

“我们一起装修了新房子，我喜欢欧式，他喜欢中式，不过没关系，我愿意妥协，都依他。阳台种了花草，摆了天文望远镜，书架摆上我们共同喜欢的书、CD以及矿物标本。我想我们的孩子一定是达 · 芬奇那样的天才，如果有两个孩子，我希望一个是男孩，一个是女孩。

“我们的婚期定在他博士毕业之后。我们特别期待那天到来，可惜他的论文进行得不太顺利，导师带他和另外的几个人去做田野调查，需要采集一些数据支持。数据总是不对，他心情特别不好。然后我们开始有争执。我说，糊弄一下，只要没有硬伤就好，实在不行我帮你去疏通一下关系，我爸爸在地理系有熟人。他说我这是学术造假，非常卑劣，是他最瞧不起的行为。”

纳云愉快的表情有了愁容。

“专业是他的命根子，怪我当时不懂，偏偏戳他的痛处。我责怪他做事太较真，这会让自己有很多麻烦。我这话不亚于火上浇油，他更生气了，甚至提出要跟我分手。我们越来越频繁地吵架。他说如果不能顺利毕业，婚礼就延期。我当然不同意，毕业是早晚的事儿，日本的博士生推迟毕业好几年的多的是，总不至于把结婚生子都耽误掉吧。可是他坚持说，那份论文是他几年的心血，如果做不好，他就不结婚。"

纳云叹了口气："回头想想，我怎么那么傻呢？如果我不逼迫他，让他安心做调查写论文，我们就不会有那样一个不愉快的结局了。可惜，懂了，也晚了。"

我记得同学跟我讲过，纳云是单身，所以暗自猜测他们是分手了，于是就小心翼翼劝她："懂得爱情时已太迟，大多数爱情变成遗憾都是这个原因，你也别太自责。你的急切，他的固执，都有错，也都不是错，怪就怪年轻吧，不会为对方着想。"

"后来有一次，我们吵得特别凶，我气急了就骂他：'有本事你拿到诺贝尔奖再回来！'他就真的睡实验室，好多天不回家，连我电话都不接了。我到处找他都找不到人，问了好几个人才知道他自己跑出去做田野调查。他同学说他写论文很拼命，是那个导师带过的最满意的学生。他甚至还跟同学讲过，以后要出国去最好的实验室一门心思做研究，当然，他会带我一起去。我真傻，他的人生规划中有我，他不过是在逐步推行他的计划。我恨死我自己，下定决心等他一回来就跑去跟他认错，再不闹了，也不催他，一切听他的，慢慢来。"

车子在山路上前行，时不时可以看到江水。金沙江混浊湍急，引得无数探险者来此挑战自然。纳云朝窗外看了一眼，说：“可惜，他再没回来。”

我怀疑我听错了，张大嘴巴惊讶地望着她。她接着说：“他没回来。他最后一个电话是打给导师的，说申请延期毕业的事情。最后一封电子邮件是发给同学的，请同学在学校的报刊资料数据库里检索一篇文章。他说他要在江边待一阵子，采集一些水样。后来他就跟所有人断了音信，生不见人，死不见尸。是我最先发现情况不对的，报了案。起初警察说我不是直系亲属，不能立案。我急疯了，联系他父母、同一个实验室的同学，大家都发觉有问题，后来终于立案。警方找到了他租住的房子，钱包、手机等一切物品都在，电脑也在，只少了一个素描本。他有个习惯，喜欢随身带素描本和铅笔，画些植物什么的，警察清点了他的物品，只少了那个本子。附近有村民看到他在一个早晨拿着本子出门，说是出去写生，之后就再没人见过他。后来警方推测，他可能在写生时发生意外，溺水，或者别的什么事故。”

我惊讶得不知道说什么好。男友玩失踪的故事我听过，男友死掉的故事我也听过，但是男友生死不明的故事我真的是第一次亲耳听到，并且是当事人亲口对我讲的。我的脑子里顿时涌起很多画面，想象当时的纳云歇斯底里一般守着男友的“遗物”一边忏悔一边祈祷的样子。

“时间久了，很多人都相信他死了，连他爸妈都相信他死了，甚至给他办了葬礼。我也信了。但是我偶尔还会做梦，梦见他回来了，他说他只是不想见我，不肯原谅我，但是清净了这么久，他原谅我了，决定回来跟我结婚。然后我就高兴地笑了，一笑，就醒了。真遗憾啊，梦总会醒的。阳台上一起种的花开得特别好，我照着说明书已经能够熟练使用天文望远镜，他的那些矿物标本我也都认得。可惜，他不会回来了。”

那天，我们在虎跳峡玩得很开心，并没有因为前男友的事搞得愁眉不展。这是纳云可爱的地方，能够迈开步子往前走。她说她已经准备好开始新的恋情，只是还没有遇到很心动的人。爱情这东西，说起来很简单，就是心动和行动。可是世上的人千差万别，又会遇到千差万别的人，从排列组合的概率角度讲，想套用整齐划一的幸福模式是不可能的。我暗想，换作我是纳云，未必能够像她一样坚强，这也是我更加喜欢她的理由。虎跳峡的水浪好壮观，我们拍了许多照片，虽然没有看到彩虹，但是天空很美，抬头看上去，是无限接近透明的蓝。

后来回城，我回同学家借住，跟同学聊起纳云。我同学说："这几年也真够她受的。我们是一路看着她走过来的，刚出事的时候闹得人不人鬼不鬼，瘦得脱了形，工作不干了，精神也恍惚，差点儿被诊断为精神病。挨到今天，又能正常说笑，真不容易。我们都希望她过得好。"

"问题就在于事情太蹊跷，一个大活人，说失踪就失踪了。"

"其实吧，"我同学拿着指甲锉锉指甲，语气再平淡不过，"那男的后来找到了。"

"啊？"我一把抢过指甲锉抵住她喉咙，"你说什么？"

"那男的找到了啊。"我同学淡定地看着我，眼神里充满嫌弃和怜悯，"你不会真的相信一个大活人会凭空消失吧，你小说看多了吧。"

这次轮到我用指甲锉自刎。

同学叹气说："当年纳云倒追她男友，差不多轰动了我们整个学校，又唱歌又送花又送饭，那小伙子也确实被感动了。俩人在一起倒也开心过，好歹也算才子佳人。不过纳云从小就娇生惯养，大小姐脾气严重得很，在工作和生活上都很强势。时间一长，那男的有点儿招架不住。他想出国，纳云死活不允许，怕他走了就不回来，还搬出她爸爸来给他施加压力。纳云的爸爸是老教授，德高望重，开了口就让人没办法拒绝。纳云的男朋友只好答应留下来，毕业之后结婚，然后两个人一起出国深造。不过勉强在一起就是不幸福，那男的笑容越来越少，后来几乎不参加我们这些朋友的任何聚会。”

“原来是这样。”我听到了故事的不同版本。

“结婚的事情纳云都一手包办，那男的也懒得管，只顾着忙自己的事。后来临近婚期，他说出去走走，纳云也没多想，只照看着婚礼这边，谁想到准新郎一去不回，人间蒸发了。纳云跟你说的也算是实情，只不过她自己改了结局，省略了她最不想知道的那部分。”

“哪部分？”

“新郎官后来悄悄出现了啊。他跑到外省去了，隐姓埋名过日子，连学位都不要了。后来是为了跟一姑娘结婚，必须用户口簿，这才露面。你想想吧，他为了躲纳云费了这么大的心思，纳云得伤成什么样。这件事过了很久才传到纳云耳朵里，我们谁都不知道应该怎样告诉她真相。可要不说，她就一直等，她一直相信她未婚夫不会死，她要等他回来。”

同学看到我目瞪口呆的样子，摇摇头，拿过指甲锉继续锉指甲。

“当初咬定未婚夫不会死的，是纳云。现在咬定未婚夫死了的，也是纳云。说来说去，爱情死不了人呀，就是往人心上最疼的地方扎针。纳云不是让你写她吗，你要怎么写？这么倒霉的女主角不好写吧。”

我同学收起指甲锉，正襟危坐，说：“不过说真的，纳云经历了这件事，变得可爱多了。以前她那一手遮天的大小姐脾气，我们都有点儿受不了。这件事之后，她大概也自我反省了，学着收敛脾气，拔掉芒刺，体谅别人。以后再恋爱结婚的话，会是个好妻子的。这学费交得有点儿贵，不过也值。”

同学去睡觉，我却睡不着，我不能赞同她的话。硬要刺猬拔掉利刺来成就别人想要的柔软，有人考虑过刺猬的感受吗？很难想象在未婚夫失踪的一千个日夜里纳云是怎么过的，房间为结婚而准备，墙上挂着婚纱照，阳台上种着男主人喜欢的花草，甚至早早准备出了一间育婴房。她不过是想守着自己喜欢的男人过日子，却被迫接受这样一个教训。讽刺的是，那个像躲避瘟神一样要逃离她的男人，最终都没有站出来给她一句明确的交代。强势不是她的错，她错在选择了弱者。

我给纳云发了条短信：“好好生活，好好恋爱，别再想一个死人。”她回复说：“刚刚跟相亲对象看完电影，感觉还不错，等我好消息！”

动人的故事总写在分手后

她开始哭。他问她怎么了。她不说话，只是哭。先是默默掉眼泪，后来变成呜咽，然后突然推门下车，站在路边大哭，肩膀耸动，像个受了天大委屈的孩子。他急忙下车去，扯着她的胳膊问她到底怎么了。她哽咽着，只是反反复复说一个字："闷。"她揪着胸口的衣服，好像真的有什么堵在那里让她无法呼吸似的，说："我闷。"然后用力推开他，抬脚踢车。一下，又一下。他想拉住她，可她挣扎得太用力，险些把他推倒。他稍一松手，她就捡起路边的一块大石头，朝车玻璃砸过去……

刘夏离开之后，卫东开始失眠。那种感觉很奇怪，明明很困，但就是睡不着，眼睛无论闭着还是睁着都睡不着，脑子里不断闪现各种人和事，有发生过的，也有想象的，渐渐地，这些都混在一起，分不清真假。他曾经一度以为自己是睡着了，那些混沌不清的画面都是梦境，可现实显示的结果是他并没有睡。失眠带来的负面影响十分明显，没有食欲，迅速消瘦，黑眼圈赛过熊猫，眼球上布满红血丝。神奇的是，他白天还能正常工作，大脑就像真空了一样，机械地说话、签字、填表格、打电话、陪客户吃饭。那是一种特别奇妙的体验，就像是变成了机器人，不动感情，不追问任何意义，只是按部就班地执行每一步。去参加同学会的时候，一个学中医的博士说：“哥们儿，你这脸色太不好了，五脏都有问题。你熬夜不睡觉干吗呢？年纪不小了，跟年轻人比不了，别糟蹋自己的身体。”卫东就很无奈，他太渴望那种跌进一枕黑甜的酣睡了，可偏偏没有，每次关掉手机、关掉电视、关掉电脑，满屋子都黑了，以为这样就可以入睡了，但总是眼睁睁看着窗子外面又渐渐亮起，车水马龙的喧闹声传进来。他已经换了更厚的窗帘以便挡住光线，下一步只有搬家了。

对，也许搬家会好一些。说不定刘夏在离开之前对这个房间下了什么诅咒，请来什么可以偷走睡眠的神灵来惩罚他。在一个死活睡不着的晚上，卫东把家里的角角落落都搜了个遍，一切可能藏东西的包、盒、袋都看了一遍，渴望在里面发现被针刺着的木偶娃娃什么的，或者某种写了他生辰八字的符咒。他会把它们淋上白酒付之一炬，那样他就会找回睡眠了。从两点钟忙到六点钟，窗外响起大妈跳广场舞的音乐，他倒在沙发上傻笑，觉得自己真的中邪了，竟然做这么幼稚的事。刘夏虽然喜欢星座运程、生辰八字、塔罗牌等神秘力量，但是从来没有用它们做过什么坏事。她永远是祈求神灵保护他的，怎么可能在离开之后种下一个恶果，让他吞咽得这么痛苦。这不是她的风格。况且，即便这间屋子被诅咒了，他出差睡酒店时也应该暂时逃离诅咒啊。他在最好的广告公司工作，出差住的是最好的酒店，洗按摩浴缸，躺两米大床，坐马桶时都有 52 英寸液晶电视看，但同样是一夜不能合眼。

他尝试运动。在学校时，他每天早上跑五千米，风雨无阻。参加工作后加班多，应酬也多，几乎没有周末，渐渐就把运动这件事放弃了。刘夏还特意买了最好的跑步机放在家里，方便他做运动，但没过多久那跑步机就成了猫咪的卧榻、临时鞋架、随手放快递的置物柜……反正就是没迎来他穿着跑步鞋的双脚。

为了找回睡眠，卫东决定重新运动起来。今天加班时间短，晚上到家还不到九点钟。他在衣柜的最里面找到运动短裤和背心，又在鞋柜的最里面找到跑步鞋。刘夏离开的时候带走了她的衣服和鞋子，衣柜鞋柜空了大半。卫东曾觉得这空荡荡的衣柜和鞋柜像一张血盆大口，几乎要吞了他，害得他完全没有勇气整理，任它们一直乱着。这下好，方便翻找。

出了小区，卫东沿着马路慢跑。不跑不知道，几年的时间，体力下降得如此之快，呼吸的节奏跟迈腿的节奏完全合不上，摆动手臂时也总觉得不协调。大汗淋漓了，他以为已经跑了三公里，看看手机 App，只有 300 多米。心脏一阵紧似一阵地痛，整个人快要倒下了。他想，不管怎样也要跑够 400 米吧，那是操场一圈，画个圆，也好重新开始。他咬牙硬撑着往回跑了一段，心想好歹够 400 米了，可惜 App 显示 398 米。“操！”卫东绝望地骂了一句，这个 App 一定是骗钱的狗屎。他坚信朋友圈里那些晒跑步公里数的人都是用 PS 做的图。

回家、洗澡、休息、点支烟。刚才翻找运动衣时摊在床上的衣服他懒得收拾，就在它们旁边挪出一块地方来躺下。单身汉多自在，换成刘夏在的时候，一定生拉硬拽地让他站起来把衣服叠整齐收进柜子里。只有同居过的人才知道一个女人在叠衣服这件小事上能发作出多么可怕的强迫症，他永远无法理解，反正衣服是要拿来穿的，为什么不能就搭在椅背上或者沙发上随手拿起来就穿，而是一定要叠起来放进衣柜里。刘夏说："我们的房间小，如果衣服都堆在外面会显得屋子特别乱。"卫东就回嘴说："你就是嫌房子小呗，我努力挣钱买大房子给你住就行了。"刘夏不高兴："你为什么歪曲我的意思，我跟你一起住了六年，有嫌房子小吗？"卫东就说："你以前也许不会，现在也许会。"刘夏就不再说话，把所有衣服整整齐齐叠起来放进衣柜里，然后戴上耳机，默默坐到电脑前看韩剧，看着看着就随剧情哭得稀里哗啦。

卫东摇摇头，从回忆里挣扎出来。这个房子真是太小了，他们从大三时开始租房子同居，前前后后租过的房子没有十间也有八间了吧。这是最宽敞的一间，一居室，三十多平方米，每个月 4000 元，是他工资的三分之一，是刘夏工资的全部。最初他们是跟别人合租三居室，他和刘夏住最小的一间，八平方米，一张床、一张电脑桌、一个超级简陋的衣柜。怎么完全不记得那时候为衣服应该怎么放吵过架呢？也许是因为那时候衣服少吧。不过，也许是因为刘夏一直在收衣服，而他完全没有注意过。

他懒得跟回忆周旋，决定出去逛逛。同事跟他提过一处超正点的麻辣小龙虾，离他这里不算远。反正睡不着，反正没食欲，去试一试，把这无聊的时间打发掉。

发动车子开上公路的那一刻，卫东突然有些惊恐，除了上班，他好像什么都不会。他不会娱乐，好吃的、好玩的都要听别人的意见；他不会做早餐，当然也不会做午餐和晚餐；不会洗衣服、熨衣服、收衣服；不会修车，甚至不会洗车；在相恋了八年的女友说离开的时候不会挽留，哪怕她的名字喊出口就是“留下”。

在三环上开了没多远就堵车。卫东很后悔，大半夜的吃什么小龙虾，被困在这狭小的空间里前进不得后退不得。他想抽支烟，习惯性地把手伸到口袋里拿烟，却空空如也。他才想起刚才下楼直接穿的运动短裤，没带烟。而此刻他被堵在环线主路上，完全不能下车去买烟。他突然就犯了一种越抽不到越想抽的病，烦躁地把副驾驶位置的储物箱打开，里面乱七八糟有很多东西，总能翻出半包随手丢进去的烟卷吧——哪怕只有一支也好啊。

目标出现了，一个硬硬的盒子，手感类似硬盒红塔山。太棒了！有救了！有一阵子他喜欢这烟，一定是什么时候放在车里的，可能是刘夏顺手放进储物箱的。她有一种“见到东西就要收起来”的整理癖，他最厌烦这一点，这次竟然帮了大忙。

虽然不知道时间多久了，但聊胜于无，总可以应急啊。他探身用力把盒子掏出来，却发现跟红塔山没有半毛钱关系。那是一个长方形的透明的塑料盒子，里面装着一副耳机，薄荷绿的颜色，绕在粉色的鱼骨形绕线器上，安安静静躺在盒子里。他记起来了，刘夏曾经非常喜欢这副耳机，一上车就戴上。他还记起她听音乐的样子，把车窗摇到最低，手肘半探出车窗，下巴搁在胳膊上，刘海迎风浮动。即使最热的天气里，车子要开空调，她也要把车窗打开。为此，卫东说她是“败家子”，但她觉得自己是个音乐小公主。

不对，记忆好像有所偏差，上述画面也许不是真的。大概是睡眠不足影响了记忆力，那种半真半假的画面又出现了。买到车的第一天，卫东和刘夏一起开回家去。其实那时卫东已经是开了几年车的老司机，但之前都是蹭单位或者同事的车开，抽空练手，跟开属于自己的新车感觉完全不同。坐在驾驶位上，钱包里放着驾照，包里装着买车的各种手续，他手心里全是汗，恨不得再多生出两只眼睛来看路况。这份紧张转化到语言上，就是厉声喝住刘夏那只伸向音响的手。

“别瞎动！你影响我开车了！”

“我就是想听听音乐嘛，有什么大不了的。”刘夏受了委屈，把手缩回去。

其实存储卡里只有两支特别简单的曲子，是试音响效果用的。而当时的刘夏也仅仅是想感受坐在自己的车里听音乐兜风的快感，至于那音乐是什么，她并不在意。然而当时的卫东丝毫没有想到这一层，他只担心音乐声音会掩盖导航播报路况的声音，或者干扰他驾驶。虽然不至于手忙脚乱，可他还不敢掉以轻心。

那次之后，刘夏就没再主动开过车里的音响，过了很久很久，卫东才把存储卡里装了新音乐，但都是他喜欢的激烈的摇滚乐。刘夏喜欢的轻柔的情歌或者小清新类型以及日文动漫歌曲，他都以“不适合驾驶时听”为由拒绝了。后来，忘了从什么时候起，刘夏就戴着耳机坐车，先是听 MP3，后来直接就用手机，再后来干脆不再听音乐，改看连续剧。他听着摇滚乐开车，她戴着耳机看肥皂剧，一左一右，互不相扰，也毫无交流。

这是一个非常缓慢的转变，身在其中时难以觉察，如今在一个失眠者的回忆中清晰浮现，多多少少有点儿文艺片似的煽情味道。刘夏为什么不听音乐改看韩剧，为什么不再跟他唠叨剧情，他从来没有认真想过。

卫东本想打开耳机盒子看看的，身后突然响起汽车喇叭声。绿灯了。他把耳机丢回储物箱，发动车子。

下一个红灯的时候，卫东又把手伸进储物箱，这回摸出来的是一截桃木。食指大小，粗细匀称，截面打磨得很光滑，一头穿了孔，系了条编织精巧的红绳。这是个什么东西？卫东把它拎到眼前，认真想了想。哦，想起来了，这是有一年他们一起去爬山，山下的果农摆摊卖各种小纪念品，很多是用桃木雕刻的小玩意儿，有手串，也有小宝剑，最简单的就是这种桃木。摊主说："买一个吧，辟邪的。"刘夏就兴奋地说："好哇好哇，这个造型赞！可以挂在车里，比那些挂手串的酷多了。"卫东哭笑不得，因为那会儿他们根本就没有车，而且因为摇号政策的关系，也完全无法预测什么时候才会有车。而刘夏总是热衷于在想象中装饰他们的爱车，今天买个靠垫，明天买个车贴，都统一收进一个大袋子里，说是早晚有一天能用到。这下可好，连车里挂什么辟邪的都想好了，她简直有点儿魔怔。

曾经有一个时期，卫东觉得刘夏对车的着迷跟追求她的那个富家子弟有关。那人家境富裕，开学报到时就开了辆宝马越野车，甚是拉风。后面的几年里，究竟有多少女生上过那辆神秘的越野车，又有多少女生因为得不到上车资格而含恨，无法统计。越野男曾把橄榄枝伸向刘夏，但那时刘夏已经是卫东的女友。她傻乎乎地对卫东说："要是我喜欢的人，开二手夏利也没关系；要是我不喜欢的人，开凯迪拉克我也不稀罕。”但卫东并不感动，卫东酸溜溜地说：“反正你就是喜欢有车的。”刘夏被说得愣了一下，好看的大眼睛睁得圆溜溜的，然后忽然眯成一条缝，大笑说：“你这个讨厌鬼，就会拿我开玩笑！”然后甜蜜地挽住他的胳膊说：“有车当然好啊，想去哪儿去哪儿，随时准备出发！以后有了车我们去看汽车电影，我觉得两个人在车里看电影好浪漫。”

卫东也拿不准自己究竟有没有在开玩笑，主观意愿上他喜欢逗她笑，也希望她单纯地把这个理解为一个笑话。可是深究起来，内心深处，他是有怒火和妒火的吧。因为那会儿别说汽车了，他连自行车都是二手的，车把老松动，车链子还总掉，刘夏坐在后座的时候总担心把车压散架——其实那时她只有八十斤。

大四开始实习，把实习工资全部存起来，卫东终于考了驾照。他对汽车电影不感兴趣，他只是迫切想证明自己有这个能力去得到更好的东西，掌控更大的局面。坐在自行车后座上的姑娘不管再怎么抱紧他的腰，都有一种随时会飞走的感觉。但如果把她装在车里，坐在他身旁，应该就稳稳当当了，他想。爱情就是这样一种神秘又隐秘的力量，你为了爱情去做很多事，可事后又发现你早就偏离了爱情的初衷。

现在他已经开过各种类型的车，公司的商务车，领导的轿车，“土豪”同事的跑车。自己买的这辆标致 307 操作起来更是十分熟练，仿佛手脚衍生的一部分。可是坐在副驾驶的人，不在了。刘夏离开前跟他大吵，甚至动手砸他的爱车。他急红了眼说她是疯子。她说：“我不是疯子，是傻子，傻到想跟你过一辈子，我会闷死的，一定会闷死的。”卫东不懂，她不是喜欢车吗？不是喜欢兜风吗？现在有车了，还不满意，还说闷，那没有其他解释了，就是嫌房子小呗。车子好买，房子难。看来想留住心爱的姑娘，车小了点儿，还得有房子。那他没有别的办法，只能更努力地加班，更努力地挣钱，把少得可怜的业余时间再利用起来做点儿兼职什么的，在杀死肉体之前更先一步杀死灵魂，换大房子的心愿就能实现了。

终于开出了主路。卫东在辅路边上停下来，随手把那截桃木挂在后视镜上，下车买烟。超市刚开业，有各种促销活动，门口挂了个广告牌，上面印着二维码，文字说明写着：扫码可以换电影票。电影的名字很打动人：《我想和你好好的》。

卫东迟疑了一下，掏出手机扫了二维码，原来是超市的公众号。他问收银员，电影票怎么领。收银员说，把这个公众号发到自己的朋友圈，征集 30 个赞，截屏回复给公众号，就可以换电影票。卫东苦笑，想看场免费电影还真麻烦，手续这么烦琐，让独自看电影的人更觉凄凉。算了。

再次上路，他不想回家，叼着烟卷，在三环上继续逛，不久就到了同事介绍的那家小龙虾店。他发现了一件有意思的事，前面不远处就是刘夏说过的汽车电影院。原来这个地方跟小龙虾店很近。仔细想想也不奇怪，情侣们吃完小龙虾然后去看电影，或者看完电影出来吃小龙虾，合情合理。难怪传闻都说汽车电影放映过程中如果你钻出车来看一眼，多一半的车都在震。伴着小龙虾辛辣诱人的香气，情欲和肉欲纷纷释放，无论是跑车、轿车还是越野车，都只是一个欲望的温床。如果让《香水》里的格雷诺耶过来看一场电影，说不定能够做出更加迷幻、更加疯魔的香水。这么想着，卫东似乎能够看到气味变成了图形，从不同的车窗缝隙钻出来，飘荡在汽车影院的上空，互相碰撞融合，幻化成一半男人一半女人的怪兽，一脸痛苦又幸福的表情，扭曲着冲他笑，对他说："来呀，来呀。"

卫东笑。刘夏心目中最浪漫的一个情结竟然是这样的。

他买了票进场，开着车找那场名叫《我想和你好好的》的电影。果然爱情片是最受欢迎的，好不容易才找到空位。两旁的车已经在震了，看样子人和戏都到了高潮。

卫东停好车，挂在后视镜上的桃木一晃一晃的，在女主角脸上摇摇摆摆。他把收音机的频率调好，听到声音，男女主角正在吵架。原本那样相爱的两个人，因为猜忌和控制欲爆发，撕碎所有信任和亲密，只剩吵吵吵。卫东把声音关掉，抬手把晃动的桃木扶正。

刘夏从来没有那样跟他吵过。总的来说，她是一个温和又安静的人，初识的时候甚至有些腼腆。那时候卫东和几个哥们儿是十足的愤青，信誓旦旦要组建摇滚乐队，身边围着好些好奇的小姑娘，刘夏是其中一个。卫东问她最喜欢的摇滚歌星是谁，刘夏想了想说："郑钧。"卫东就笑，问她最喜欢哪首歌，刘夏说："《灰姑娘》。"卫东几乎要笑出声了，这也算摇滚吗？看来这姑娘是纯粹的外行，凑热闹的。但是刘夏又说了一句，用很认真很坚定的语气："这首歌特别感动我。如果这是梦，我愿长醉不愿醒。"卫东就被一个温柔的梦俘获了，他遇到了自己的灰姑娘。

后面的日子里，可爱至极的灰姑娘刘夏一直陪在他身边。他成为学校里耀眼的"摇滚明星"，她就躲在他的光芒里做透明小女友。他在酒吧喝醉酒跟人打架，她负责收拾烂摊子。他学分不够拿不到毕业证，她找班主任、系主任、院长去求情。他不想工作，她交房租买菜做饭养他。后来刘夏的妈妈气不过，找到他们租住的小房子，劈头盖脸骂他一顿："堂堂七尺男子汉，不务正业等着女朋友来养，怎么好意思！”卫东从此放弃摇滚，脱下军绿色T恤和破洞牛仔裤，穿上白衬衣黑西裤去找工作。但是刘夏对他说：“不要勉强自己，做你喜欢的，我支持你。”卫东咧了咧嘴角笑，她还是一如既往的天真。

卫东抽到第五支烟的时候问自己，那么温柔的灰姑娘，最后那么坚定地要分手的原因究竟是什么？电影剧情不复杂，不用听声音也知道，俩人都固执，都倔强，最后终于掰了。可刘夏呢？他呢？他们是如何走到这一步的？

刘夏离开前，说得最多的就是一个字：闷。

到底哪里闷，他不明白。生活明明越来越好。他拿出当初玩摇滚的劲头去工作，进步很快，升职，加薪，一路走来，虽然累，但是再不至于看刘夏妈妈的脸色。他没有时间陪刘夏，但是送给她各种礼物哄她高兴，公司里的女孩谈论什么包、衣服、鞋子、首饰、化妆品，他都尽量买回去。以前嫌贵舍不得买的冰激凌，看她吃到恶心为止。他们那些同学，除了家里特别有钱能够“啃老”的，哪一个不是住在五环外，每天挤地铁公交折腾三小时上下班，只有他们住在三环，且不用合租，还有车开。有一次，一个女同学去他们家里做客，羡慕地说：“刘夏，你真有眼光，谁能想到卫东那种摇滚叛逆青年一下子变成了钻石王老五，你真是火眼金睛啊。像我家那位，整天就知道看电影玩游戏，拿着几千块钱的工资还心满意足的。”那时刘夏怎么说的？对，她说：“我倒希望卫东能陪我看场电影或者肥皂剧，他太忙了，早上睁眼时见不到，晚上闭眼时也见不到。好不容易有个周末，随时都可能被叫去加班。我心疼他。”同学说：“花着男朋友的工资享受单身生活，太美了，你享福去吧！”刘夏说：“一起吃苦倒容易，一起享福好难。”

那天同学走后，刘夏说：“卫东，我们去看汽车电影吧。”

“难得有点儿闲工夫，我想在家休息。”

“我们去看汽车电影吧，我一直都想去，现在终于有车了，我们去看一场吧。”

“你要想去就去考个驾照吧，然后开车去，想看多少看多少。”

刘夏面露失望的神色，不再出声。卫东哄她：“要不我们在家看。你想看什么，我给你下载，拷到电视上看。要是嫌电视小，咱们买个投影仪，在墙上看，那不跟电影院一样吗？”

她像着了魔似的说：“我只想看场汽车电影，和你一起。这么多年了一直想看，你就不能满足我一个愿望吗？”

卫东莫名其妙就烦躁起来，关于汽车电影院的各种好笑传闻一窝蜂地在他脑袋里炸响，他极不耐烦地说：“有什么好看的？不如电影院清楚，不如家里舒服，不如电脑上看方便，画面音效一点儿都不好，有什么好看的？你怎么就这么死心眼儿，非得看？”

刘夏盯着他看了好一会儿，眼眶慢慢变红，但眼泪始终没掉下来。也许从那个时刻开始，她心里曾经为他燃烧过的火焰，她因他而起的种种烂漫，悉数熄灭了。

卫东抽完了半包烟，银幕上的情侣还在吵架，愈演愈烈。那女的可真能作，往大马路上跑，也不怕被汽车撞死。可是那种剧烈背后又有点儿让人羡慕，年轻的爱恋真好啊，灿烂壮烈，炽热燃烧，连动手打架都要见红，跟仇人似的。他甚至有点儿希望刘夏像那个女主角一样，狠狠跟他闹一闹，发泄一下。但是刘夏没有。一个朋友说过，刘夏是那种看似温柔，但内心有所坚持的人，一旦碰触她的底线，她是不会动摇的。卫东觉得可笑，一场电影就是底线？还不是矫情。所以当刘夏坚决地提出分手，收拾东西离开的时候，他说：“你不是小孩子了，别再闹小孩子脾气好不好？我真的没有力气玩那些风花雪月，存款都在你手里，你想怎么玩都可以，为什么一定要拉上我呢？”这话倒像给刘夏提了醒，她拿出一个本子递给他：“这是我们的账簿，每个月进账与支出都在上面。其实我们的生活开支并不多，所以攒下了一些钱。如果我用这些钱买你的假期，你能不能和我一起看电影？”卫东受不了，挥挥手说：“走吧走吧，我一个人过清静日子。”刘夏就这么走了。卫东清静了，但开始失眠。

卫东突然有一种感觉——闷。他几乎是在一瞬间理解了这个字的含义。心里那口气怎么都出不来，你想说的话对方根本就不听，你的好意对方完全不接受，你一直在努力却得不到对方的肯定，你想坚持到终点，对方却说：“我不跟你玩了。”

他终于知道自己为什么失眠了，就是闷的，这口气在他五脏六腑里憋得他不得安宁，他必须让刘夏知道，放弃他是她人生中最错误的决定，他还要让她知道，她这种不识好歹的人再也不会遇到更好的爱情。他越想越气，拿起手机就拨打了刘夏的号码。

电话很快通了，刘夏的声音响起：“找我什么事？”

“我就是想告诉你，我在看汽车电影。”

“好看吗？”

“不怎么样。车里坐着不舒服。”

“哦，那回家吧，早点儿睡。再见。”

她居然这么快就说“再见”！卫东更闷了。他以为她至少要感慨一下，心酸一下，哽咽一下。毕竟他们在一起那么多年，风雨兼程，相依相伴。她说走就走了，还急着挂他电话。

“你就不好奇我看的什么电影吗？”

“哦。你看的什么电影？”

刘夏问出来，卫东反倒不好意思开口了。难道要说《我想和你好好的》？太讽刺了。他机智地转移话题：“我就是想告诉你，汽车电影真的没啥好看的，就是方便小情侣在车里亲热。我旁边的两辆车都动着呢。等你跟新男友约会的时候，可以过来试试。外面还有卖麻辣小龙虾的，看电影前可以过去爽一下，或者，看完电影爽完了可以过去吃一顿。”

卫东说出这句话的同时就后悔了，这酸葡萄的意味也太明显了。他害怕刘夏说“好的”，或者“我已经试过了”。他甚至掩耳盗铃地想迅速挂断电话。可是刘夏什么都没说，话筒里只有让人尴尬的安静。卫东怀疑线路出了问题，犹豫要不要再说些什么，可是真说了什么，而线路又没出问题的话，会不会显得他太心急太在乎她了？

等了好一会儿，刘夏终于说话了：“等你不忙的时候，把车里的储物箱收拾收拾吧，里面乱七八糟的东西太多了，我走前忘了整理。有用的你都收好，没用的就扔掉。要是还有我的东西，你就帮我扔了吧。我明天还要上班，先睡了，再见。”

说完就挂了电话。

她竟然就这么挂掉电话！

竟然这么绝情地挂掉电话！

好，既然说扔，就扔掉吧！

卫东打开车窗，拽下后视镜上挂的桃木，甩了出去。薄荷色的耳机，装在透明的盒子里，甩了出去。探身把储物箱的东西三下两下都抓出来，杂乱无章的单据、彩页、广告册一大把，全都甩了出去。既然你懂得断舍离，我也没有必要纠缠过去。

储物箱很深，好像还有东西没掏干净。他伸长手臂继续拿，发现众多彩页中间夹着一个信封，粉色，上面印着凹凸的玫瑰花形纹路，一个字都没有。他打开信封，里面有张贺卡，打开来看，竟然写着“To 亲爱的东东”。记忆再次苏醒，是多久以前，她的确喊他“东东”，甚至更肉麻地喊过“小东东”“东宝贝”呢？可又是从什么时候起不再叫了呢？忘了。

贺卡上密密麻麻地写了很多字，美丽又温柔的字迹，那么熟悉。刚才暴怒时心中碎裂的亿万片玻璃碴儿顿时化成天鹅绒，轻轻柔柔地捅他的鼻孔。他一时觉得眼睛雾蒙蒙的，看不清楚，就先看落款，“爱你的夏夏”。这自然也是以前的爱称，什么时候废弃的，忘了。日期倒是很清楚，是一年半以前，他生日的前一天。他隐约记得那次她说准备了礼物给他，但那几天他因为丢了一单生意脾气特别暴躁，不想过什么生日，所以推掉了那天的安排，也就一直不知道那份礼物是什么，现在只看到这张贺卡。他闭上眼睛，做了几次深呼吸，才看得清贺卡上那片密密麻麻的字。

To 亲爱的东东：

今天是我们在一起七周年的日子。一直没有告诉过你，在我心中你是英雄，并不仅仅因为你能用吉他倾诉心中的迷茫和愤怒，更因为你敢于还击生活，奋力一搏。和你在一起的每一天，都是精彩演出。

但我知道你并不快乐，越忙碌就越孤独，你的笑容在减少，你听的音乐越来越悲伤。我很想变成偶像剧里的脱线女主角，拥有美貌和智慧，让男主角看到我就笑。可惜我无能，我就这样束手无策地坐在你身旁，越来越绝望。

不如我们换一个方式活着，像流浪歌手那样，像汽车电影那样，天涯放歌，走走停停，寻找我们喜欢的频率，看我们喜欢的风景。选择的权利在我们手上，何必勉强？如果你决定启程，我随时跟你出征。

爱你的夏夏

卫东只觉得心脏被轻易撕裂，温热的眼泪溢满眼眶。他不想为逝去的爱情哭泣，只有弱者才向错过的东西低头。他骄傲地抬起头想把眼泪憋回去，却看到前方的电影银幕上，男女主角坐在他们的车里，影像飞快倒退，时光飞快倒退，退到恋爱的最开始。而那个女主角，无论是哭还是笑，都和刘夏长着同样的一张脸。

在美食最多的季节谈恋爱

我有过一个男朋友，会做饭，猪肉炖粉条和酸菜粉丝汤都做得美味无比。但是那时候我一心只想减肥，每次只吃一点点。他说你吃吧，你不胖。我说不吃，我要更瘦更漂亮。后来，我真的更瘦更漂亮了，而我们已经分手了。

我还有过一个男朋友，不会做饭，但有一样看家本领：蒸包子。每当想起他，印象最深的画面就是他叼着烟卷围着围裙在厨房搅拌肉馅，我在他身边蹭来蹭去拿面粉给他画猫脸。想想也真逗，很多女生留恋的是香奈儿或者迪奥的香水味，而我的幸福味道是猪肉大葱。后来我们也分手了。

说这话的时候，我和陆布丁就坐在合租屋的客厅里吃她做的丰盛晚餐，有日式的炸虾、煎蛋卷，也有她最拿手的回锅肉和清蒸狮子头。那天是我正式成为她室友的日子。她从房东手里整租下一室一厅的小公寓，但房租略高，在网上招合租室友。

陆布丁是个太奇葩的二房东，放着好好的主卧不住，自己要住在客厅里。那房子的装修很特别，小客厅里连着一个开放式的厨房，她说，整洁的灶台、簇新的抽油烟机和巨大的电冰箱给她带来格外熨帖的安全感。她说这房东原本装修了房子要结婚，可是房子刚装修好，女朋友出国了，他不想一个人住进来，所以要租出去。

“这房子大概风水不好吧，咱俩住这里会不会找不到男朋友？”我一边看房子，一边跟陆布丁开玩笑。陆布丁说：“找不到男朋友也没关系，我给你做好吃的，肯定比男人还销魂。”这是我当即拍板交了押金第二天就拎包入住的原因。

陆布丁真是爱做饭，也爱吃，个子不高，小圆脸肉肉的，胳膊腿儿也都肉肉的。她每天为自己准备午餐便当，一定有肉、有蛋、有菜、有水果，其精细程度让人咋舌。她解释说，她妈妈是东北人，爸爸是上海人。妈妈在上海读大学，毕业之后回到东北，爸爸竟然义无反顾地追到了东北，连分配的工作和干部身份都不要了，在那个年代堪称英勇。而这个浪漫爱情故事的结晶就是她这个南北结合的既食肠宽大又心细如发的杂食动物。她三岁的时候第一次跟爸爸回上海见爷爷奶奶，老人带着宝贝孙女去吃小笼包。那是多么精致考究的食物啊，最世俗的食物却最考验一个人的餐桌礼仪。爷爷奶奶正打算培养精致小淑女，却看到陆布丁抓起一个包子铿锵有力地整个儿塞进嘴里，并且要吃大蒜。爷爷奶奶顿时觉得家门不幸，穷山恶水培养出这样野蛮的孙女，再不想见到她。而陆布丁也同时开始排斥爷爷奶奶："他们家的饭菜，我吃不饱。"

这样的矛盾并不影响陆布丁的好胃口，该吃吃该喝喝，哈尔滨红肠和油炸花生米培养出她对肉类和油炸食品特殊的偏爱，而日后在四川上大学的经历又让她对麻辣口味和油重酱香的烹饪特色产生了深度迷恋。大学毕业时，同学们都在发愁舍不得丢掉的专业书籍怎么托运，而陆布丁最担心的是她大批量采购的豆瓣酱和红辣椒要如何收藏。

我安顿好了新住处，陆布丁做饭招待我。几罐啤酒下肚，菜碟见底，两个胖女人已经成为莫逆之交，互相交代家庭背景和恋爱经历。陆布丁说她大学时有个男友，两人毕业时一起来北京工作，有过一段同甘共苦的时光。但是后来男朋友劈腿了，找了个腰肢纤细的小妖精。陆布丁气急，找上门去骂，但那女孩理直气壮地说："你自己没有魅力看不住男朋友，还有脸骂别人？有本事你也变成瘦子抢别人男朋友去。"而当时她男友就在那女人身后，都不敢正眼瞧她一眼。陆布丁受到刺激，奋发图强。

"减肥最拼命的时候，每天只吃苹果，饿得眼冒金星。瘦得真快，一下子轻了十斤。但是没过多久就得了肠炎，上吐下泻还发高烧，一个人差点儿死在出租屋里。病好之后我就想通了，何必拿别人的过错惩罚自己，原本是个快乐的胖子，为了变成瘦子搞得自己不快乐，划不来。活着已经这么艰难，不应该再为难自己。"

后来陆布丁换了工作也换了住所，把前男友的东西都丢到了垃圾桶，删除了一切他的联系方式。一个人在北京，没有什么朋友，也没有什么爱好，工作之外最大的精神寄托就是吃。北京那么大，好吃的那么多，干吗不把自己的专长发挥到极致呢？

"有时候想想，我也蛮失败的，不会穿衣打扮又没毅力减肥，整天就知道吃吃吃，唯一的追求就在嘴上，人生还有什么希望？"

陆布丁吃完最后一个煎蛋卷，拍拍鼓起的胃说："不过，通过吃我交到很多好朋友啊，周末一起组个团去吃各种私房菜，吃完再回家来研究怎么做，做好了再带给朋友吃。难过的日子不知不觉就过去了。失恋是一时的，美食是永恒的。干杯！"

我和陆布丁碰杯："胃口好的人，运气不会太差！"

没过多久，陆布丁的桃花运来了。她在旅游公司工作，负责接洽大的旅游团，多半是企业为职工安排的福利旅游。某天接了一个科技公司的单子，对方过来接洽的是个斯斯文文的男孩，看年纪不过二十五六岁。男孩说要定一个二十人的大理丽江五日游套餐，陆布丁给他建议说，如果日期能够延长两天刚好可以赶上大理的火把节，既然是出去玩，为什么不疯一点儿尽兴一点儿呢。而且那边好吃的又多，多玩两天不亏的。男孩当即拍板同意。陆布丁好心提醒他，不用征求老板的意见吗？那男孩说："我就是老板，我说了算。"陆布丁感慨："哇，你这么年轻就当老板，好厉害。"男孩说："不过是一只老程序猿带着一群小程序猿整天忙到吐血。"陆布丁随口说："程序猿都聪明，是女孩子找男朋友的最佳人选。"男孩就说："那么，布丁小姐，你愿意跟我这个又笨又穷的程序猿谈恋爱吗？"陆布丁只听到“叮”的一声响，她说：“哎呀，我的午饭热好了，你要一起吃吗？”

听了整个过程之后我惊叹地说：“陆布丁，你简直是套狼高手好吗？年轻多金的钻石王老五轻而易举就被你搞到手了！我跑中关村那么多趟也没捡到过一个！”

陆布丁哭笑不得：“对天发誓，我绝对善良啊，话赶话，没想到就一拍即合了。”

“那你怎么不拒绝？假装犹豫一下也好啊！”

“我又不是傻子，我才不想单身。”

其实陆布丁真不会套狼，她挺缺乏想象力的，撒娇卖萌那一套完全不会，对人好就是请人吃饭、给人做饭，但是给人一种笨笨的、暖暖的亲切感。她比我下班早，每天我推门进家的时候，家里已经弥漫了饭菜香，我几乎习惯了进门就换衣服洗手准备吃饭。依赖一个人是那么容易上瘾的事情。

显而易见，程序猿也跟我一样，很快就习惯了饭来张口的幸福。他的公司离我们住的地方不近，但是乘地铁的话倒也方便。我们把开饭时间推迟半小时，他就可以跟我们一起吃。两个人的餐桌变成三个人的，两荤一素变成了两荤两素一汤，陆布丁的任务增加了不少，但是她每天笑吟吟的，格外有精神，连QQ签名都变成了“在美食最多的季节谈恋爱”。

哎，也不怪她，有恋爱可谈，谁没精神呢。吃饱了，小两口儿依偎在客厅沙发上看电视，茶几上摆着陆布丁做好的水果布丁，程序猿吃起来理直气壮，我下手快，速度却永远赶不上他。我开玩笑说“你们快滚蛋吧，结婚去吧”，程序猿说“正有此意”。我突然就觉得失落，万一陆布丁真搬走了，我独守空房，会很寂寞的。世界上最孤独的不是单身，而是好朋友比你先脱离单身。

怕什么来什么，陆布丁终于对我说：“我可能要搬出去跟程序猿一起住。”我哀号说：“不是吧，这么快！”她说：“他买的房子就在他公司附近，而且离我的公司也很近。我搬过去住的话，对两个人都有利。”陆布丁有些欲言又止的样子，让我感觉同居的原因远远不止于此。但是她没再多说，只是补充说：“是我不对，违反了租房协议。我补给你一个月的房租好不好，你招个合租的室友进来。等我跟房东的租约到期了，我就让你直接跟他签。”我能说什么呢，我总不能撒泼耍赖一定要当电灯泡吧。

陆布丁提着简单的行李搬走了，留给我一个整洁、充实的厨房，以及满满一冰箱简单加工就可以吃的方便食品。她说女孩子自己住一定要有一个好厨房，这样才不会在感冒发烧或者加班到深夜时连口鸡蛋面都吃不上。有时她会约我去她家里吃饭，起先我会厚着脸皮去蹭饭，但是她的邀请越来越少，我也越来越忙，渐渐就去得少了。

我在网上征室友合租房子，但是没有人愿意住在客厅里。我想过要不要自己住在客厅，把主卧转租出去，可是试了一个晚上，放弃了。厨房虽然漂亮，可是没有饭菜香的时候总觉得冷冰冰的，半夜在家加班到凌晨，饿了去冰箱拿东西吃，转身再回到电脑前总觉得格外冷清。我想我是不是应该养只猫或者狗呢？可是想到我要给它准备吃的，又觉得麻烦。那时候我就格外佩服陆布丁，她对美食有抑制不住的热情，对人更有用不尽的耐心。她有很多吃货朋友，总是分享各种新的烹饪方法，并且能找到各种风味餐厅的打折券。跟她在一起，总能发现好吃的东西、见到有趣的人。程序猿遇到她，并且这么快就把她占为己有，真是太有眼光了。

就在我无聊得骂娘的时候，陆布丁给我打电话：“你找到室友了吗？”

我觉察出她的语气不对，小心翼翼地说：“还没有。”

“那么，我可以搬回去住吗？”

“当然可以啊，我求之不得啊！”我恨不得手脚并用欢呼起来，“可是为什么呢，你和程序猿吵架了？”

“嗯，我决定跟他分手了。”

在我们美好的大厨房里，陆布丁炒了虾球，蒸了膏蟹，做了椒盐皮皮虾，煮了毛豆，还下了两大碗海鲜面。她说：“我很久没给男朋友以外的人做饭了，这感觉很好。”

“所以，你是来我这儿红杏出墙一下子，再回去做贤内助，是吗？”

“滚！我都说了是分手，真的分手了。”

“可是为什么呢？”

“因为他只想找个做饭的阿姨，而且是只伺候他一个人的阿姨。在他的家里，我不能招待我的朋友，他也不带自己的朋友回家。他说他没有朋友，公司里的下属不能走太近，太近了就没办法管理。我说那你可以跟我的朋友做朋友啊，以前大家到了周末就轮流到家里做好吃的，一人一个拿手菜，吃得可high了。他说那样好烦好无聊，去别人家里觉得不自在，到自己家里弄脏了收拾起来又好麻烦。我觉得我受不了这样的日子。”陆布丁舔舔手上的蟹黄说，“我的人生原本是自助餐，想吃什么吃什么；现在变成了一成不变又定时定量的盒饭，有什么意思？”

“当初他急着让你搬过去同居，是不是也嫌我碍手碍脚呢？”

陆布丁拍拍我的肩：“你不要太难过啦，我已迷途知返。”

我的幸福生活突然又回来了，下班又有大厨做好吃的。我们的厨房再次忙碌起来，也更热闹，基本上周末总有我们各自的同事朋友过来吃吃喝喝。陆布丁看起来很快乐。但是我也明白，走出失恋阴影不是那么容易的。在喧嚣的聚会过后，在所有杯盘碗碟都冲洗干净之后，在我回到卧室睡觉之后，陆布丁一个人在厨房旁边的客厅里辗转反侧，那并不是在构思新食谱。她免不了质问自己究竟有没有错。分手时，她男朋友曾放出狠话：“人生不光是吃吃喝喝，吃吃喝喝那叫消遣。你想消遣一辈子，当心自己被别人消遣了！”连陆布丁的妈妈都在电话里批评她：“你这男朋友多好，年轻有为，样子又帅气，又诚心诚意想跟你结婚。你为了一帮吃喝玩乐的朋友就放弃一段好姻缘，妈觉得你太任性。有你后悔的那一天。”

真的太任性了吗？以后会后悔吗？陆布丁翻身下床，从冰箱里翻出一桶冰激凌来吃，一边吃一边回忆她跟程序猿相处的这些日子。他不浪漫，从不给她买花；但他很实际，直接就塞给她工资卡让她随便刷。他不懂美食，甚至吃不出蟹子和鱼子的区别；但是只要她做的饭菜，他统统都吃光，还说好吃。他不文艺，缓慢深沉的电影他不喜欢看；但是他爱看动画片，笑起来像个天真的小孩子，特别可爱……陆布丁大口大口地吃着冰激凌，想到的都是程序猿的种种好处，越吃越苦，越吃胃里越难受。究竟要不要回头呢？据说很多人年轻的时候食欲才会这么旺盛，年纪一大就喜欢清淡的了，万一她刚好是这种人，以后不再对美食有苛刻的追求，她要如何原谅自己错过了这么好的结婚对象？

陆布丁吃了三桶冰激凌，天快亮的时候，她砸我卧室的门说："快送我去医院，我的胃痛死了！"

我陪她去急诊，路上给程序猿打电话，我说："布丁肠胃炎老毛病犯了很严重，你快到医院。"

程序猿的声调异常冷漠："她不是朋友多吗，为什么这会儿偏偏想到我？"

这下好了，陆布丁不用再纠结了，对于一个务实高效的男人来说，在一个"有过前科"的女人身上浪费时间和精力是非常没有意义的。

一晃到了年底，临近圣诞节，我加了薪，特高兴，决定送好室友陆布丁一件礼物。我问她想要什么，她毫不意外地说：

“一顿大餐。”我们哈哈大笑，既然如此，就找个平时舍不得去的“好”地方大吃一顿算了。我在网上选了家泰国餐厅，据说超正点。陆布丁也挺期待，她说如果好吃，以后就学着做。

但是那顿饭并没有我们想象的好，传说中的冬阴功汤并不对我们的胃口。这倒也不奇怪，就像有些人不能吃辣椒但是能嚼大蒜一样，喜欢吃酸辣粉的人并不一定受得了酸辣海鲜汤。我和陆布丁一边吃一边撇嘴，我说这又贵又难吃的东西坚决不再吃第二次。陆布丁更狠，直接说：“这地方纯粹是骗钱啊，只适合有钱的冤大头过来泡小姑娘。汤里这鲜贝肉只有小小的两片，而且并不鲜。咖喱鱼饼更是滥竽充数，明明是鳕鱼嘛，骗人说是鲑鱼。我感觉我们吃不饱，赶紧计划下一顿吧，要不回家煎牛排，这个点儿去超市买牛排的话估计会半价了。”

我连连点头，已经开始憧憬在家吃牛排、喝红酒、看美剧的美妙感受了。邻座的一位大叔忽然转身过来说：“我知道有家牛排不错，请你吃，怎么样？”

我和陆布丁对望一眼，确认他是在对我们说话。那大叔笑得温文尔雅：“你爱吃鲑鱼的话我请你吃，绝对比这家地道。”

这位大叔是上海人，是一家连锁酒店的高管，这次是来北京出差，听朋友介绍了这家餐厅就过来试吃，也觉得味道一般。刚好听见我们两个吐槽，觉得陆布丁说得很专业且很有意思，就凑过来搭讪。我不禁有点儿忌妒陆布丁了，同样是胖子，会做饭和不会做饭的，差别果然很大，连撞桃花的概率都不同。

陆布丁的这次恋爱超浪漫，平时两地分居，周末大叔就从上海飞来北京看她，带她去吃好吃的。以前我们觉得去个马克西姆吃个西餐就已经阔绰得不得了，但是大叔带陆布丁去了更隐蔽更低调的私人餐厅。老板曾经是大明星，厨师来自罗马，用陆布丁的话说："那比萨里奶酪的丝扯得老长，吃到嘴里就像舌吻，闭上眼睛吃就像睡到了男神！"我说你怎么就不能打包带一个回来给我尝尝。她说每天定量就做一个，而且小得只够两人吃，她也没办法。

秀恩爱归秀恩爱，像我们这种有过几次失恋经历的胖子，多少都有些悲观主义的论调，表现之一就是开始新恋情的时候免不了疑神疑鬼："他怎么会喜欢我呢？他会不会新鲜劲儿过了就离开我呢？"大叔不在的日子，陆布丁就会陷入这样的焦虑。

大叔很坦率地对她说，他见过的漂亮女人太多，但都不怎么可爱，吃饭也都没什么胃口，和陆布丁在一起他觉得很轻松、很快乐，吃饭不再是例行公事，而是一种享受。陆布丁知道他是在赞美她，可她仍旧免不了自卑。人的审美是有惯性的，他看多了吃猫食的美女觉得审美疲劳，偶然见到她这样胡吃海喝的胖子觉得有趣，但终究有一天他会回到那个惯性里面去，喜欢为了维持体重每餐只吃一个番茄、半片面包的红唇高跟鞋美女。大叔说：“完全有这个可能，你敢不敢赌一下？”

陆布丁正小口吃着鹅肝（喂，已经是第五块了），听到大叔这句话，莫名就想到了上海的爷爷奶奶。每次去看他们，他们都会批评她饮食口味太重且吃相不好。考上大学那年，爷爷奶奶带着她去红房子吃西餐，陆布丁觉得味道很一般，非常直白地说：“我想家了，想吃我妈烙的韭菜盒子。”爷爷气得嘴唇上的胡子都抖动起来。

平心而论，陆布丁是喜欢这位上海大叔的，他温和的语调中有一种跟她爸爸很相似的东西，让她感觉格外亲切、放松。但是她并不确定，在人人都很现实、都很计较交际成本的今天，这位大叔会不会像当年她爸爸追求她妈妈那样义无反顾。她是不会去上海的，她真的不习惯那里的饮食。而大叔的工作和家人都在上海，短期内似乎也没有转战北京的计划。

如果看不到未来，恋情还要不要继续？

那年的情人节刚好在春节后，陆布丁还在哈尔滨的老家休假，大叔从上海赶到她家里给了她一个大大的惊喜。布丁激动万分，两个人在中央大街上逛了一天，晚上却找不到好的餐厅吃饭，到处都是预订、客满。后来布丁说："干脆回家吃火锅吧，暖和又好吃。"大叔倒也随和，跟布丁的爸爸妈妈一起吃饭，聊聊上海的风土人情，很有一种一家人进了一家门的感觉。但是这种美好的气氛终于被一碗芝麻酱彻底粉碎。布丁爱吃韭菜花，吃涮羊肉一定要在芝麻酱里拌上很多韭菜花。而大叔闻到那个味道就开始皱鼻子，整个晚上再没有近距离跟陆布丁说过话。后来，他们就和平分手了。

"你说究竟是谁发明的，把恋爱和美食相提并论，太荒谬了。美食那么忠诚，吃到嘴里就是你的，变成了肥肉就对你不离不弃。恋爱呢，说没就没了。"

"所以你再也不相信爱情了是吗？"

"不，我相信。我要不停地恋爱，专门找有钱人，带我吃更多好吃的，那样被甩的时候才不会觉得太吃亏。"

话虽如此，但陆布丁明显地消沉了。她甚至问我："你说会不会是这个房子真的风水不好？你看，房东的女友跑了，我的两个男友都跑了，而你，单身一年多了，一直没男人追。"

要不是看在她刚刚失恋需要包容的分儿上，我真想踹她两脚："爱情来来去去，只有猪肉卷是永恒的。姑娘，看清现实吧，世界就是这么残酷。”

她抱着一大碗椒盐腰果哼哼：“可是我好不甘心啊！我讨厌单身！”

“喊吧，多喊几声，你的 Mr. Right 就出现了！”

我的话音还没落，陆布丁的手机响起，房东悦耳的声音传来：“对不起，陆小姐，这个房子我不想出租了。我女朋友回来了，我们还是要结婚。突然解约我很抱歉，我会补偿一个月房租给你，你尽快搬家，好吗？”

陆布丁几乎绝望地说：“如果我说不好，是不是就不用搬了？”

房东说：“不。我会起诉你。”

“靠，结婚了不起啊！”

回头看，那已经是五年前的旧事。现在的陆布丁依旧爱吃饭爱做饭，笑呵呵地实践从各种渠道获得的食谱。今天看到陆布丁在朋友圈说，她新煮了肉皮冻，要吃的赶紧去她家拿，数量不多，先到先得。我忽然就想起了我们合租的那段日子，以及她那两段有笑有泪的爱情。

我清楚地记得我们如丧家之犬一样辛苦找房子的样子。住过一间好的房子，其他房子都是将就。更何况那套房子风水好哇，即将分手的恋人都能破镜重圆。谁说世间无常事，真情还是存在的，不是吗？

那段日子我们上班之外的时间都用来找房子、看房子，入夏的温度已经要把人热成狗，爱情无望，减肥无望，房子也无望，真是够人哭几鼻子。连中介小哥都露出了哭脸：“你们究竟想要一套什么样的房子呢？”

当时的陆布丁坐在马路沿儿上抱着一碗八宝刨冰边吃边说：“要有很大很大的厨房，要有整洁的灶台，要有干净的抽油烟机，要有整套的骨瓷餐具，要有双开门的大冰箱。厨房要跟客厅相连，做了好吃的就可以直接端到客厅一边吃一边看电视。客厅要有大桌子大沙发，朋友来了可以坐在一起吃喝玩乐。最重要的是，沙发上要有个男朋友，爱吃我做的饭，爱和我的朋友们一起吃饭。我们在一起，每天都是情人节，每天都是美食节。你有这样的房子吗？”空气里弥漫着烧烤的香气，大排档纷纷摆了出来，一起吃烤串的情侣真多呀。

我发微信问陆布丁，肉皮冻还有没有。她说我慢了一步，被人抢光了，最后一块刚进她老公的嘴里。她跟她老公在一次“美食贴吧网友聚会”中一见钟情，两个人为了最后一只秘制小龙虾假惺惺地推让了半天，最后决定一人一半。他们儿子已经两岁，肉嘟嘟一坨小鲜肉，凭一张嘴就能判断妈妈买回来的桃子是否真的来自平谷。美食来了，留下，变成体重；爱情来了，走了，似乎是为了等待新的爱情。胃口好的人，运气不会太差。我信。

爱情不是唯一的要义

认识言庆是在一次房展会上，我去看房子，他也是，刚巧我们认识同一个朋友。那天言庆带着女友，是个小巧玲珑的女生，穿着可爱的糖果色羽绒服，小鸟依人地挂在言庆手臂上，一副惹人忌妒的甜蜜样子。言庆说：“这是我未婚妻，我们打算买房子结婚了。”女友适时地向我亮了亮中指上的钻戒。

后来大家互相加了微信。言庆说：“以后有机会给你讲讲我的故事，说不定你可以写小说用。”我高兴地答应下来。

其实我并没有过多期待什么，因为以前也有很多人说给我讲故事，然后又改变主意，说都过去的事啦，不提也罢。但是言庆真的把这件事放在了心上，隔天就给我发消息说：“我昨天特意去打听了前女友的情况。知道她过得好，我心里特别踏实，可以放心地结婚了。”

哟，不得了，听起来很有故事的样子。

我开玩笑说：“这话不怕我告诉你未婚妻吗？藕断丝连可是婚前大忌，搞不定就让你新婚不太平。”他回复了个笑脸说：“她知道我最爱的人不是她，她只在意我娶的是谁。”

言庆和前女友吉祥是中专学校的同学，言庆学汽车维修，吉祥学酒店管理。一个是傻小子，一个是二虎妞，刚开学就打打闹闹谈起恋爱，毕业时工作还没落定，就张罗着要结婚。东北的三月还没暖过来，春寒冻得人不敢脱棉衣，吉祥已经开始给自己挑选露背婚纱。但是吉祥的妈说：“你趁早死了这条心，嫁他？我白养你这么大！不要脸的东西，你想男人想疯了？”东北妇女彪悍的一面一旦表露出来，对自己亲闺女也丝毫不婉约，甚至可以拿出更麻辣、更毒舌的话来。吉祥那天是领教了。她从小就习惯了亲妈的粗枝大叶，但是那一天被骂哭了。她不是为自己哭，她是心疼言庆。

言庆的父亲早年车祸去世，全靠妈妈和姐姐撑起那个家，养活他还有一个弟弟。家里经济条件差，这是吉祥的妈妈瞧不上言庆的原因之一。

第二个原因是，吉祥的妈妈认为言庆没有什么好的发展前景。她是最精明市侩的母亲，坚信婚姻是一件讲究经济实惠的事。嫁女儿就是给女儿找个长期饭票，更优质一点儿的女婿还能让她和吉祥爸爸沾光。而言庆，一个中专毕业生，一个靠修车为生的小技工，能带来的“钱景”是非常有限的。那时候的吉祥才十九岁，青葱似的人儿，浓眉大眼水灵灵的姑娘，要什么样的好人家找不到。吉祥的爸爸说：“瞧那浑小子的土鳖样，敢上门来我敲断他的狗腿！”

那时的言庆血气方刚，最不服输，即便会被敲断腿，他也敢去敲吉祥家的门。他对未来的岳父岳母说：“请你们相信，我一定让吉祥过上好日子。”

这个世界上最让人感动的就是年轻人的海誓山盟，却也只限于感动年轻人。言庆越是万千保证，世故老练的吉祥父母越是万千拒绝。最后他们干脆说：“你要是再敢勾引我家姑娘，我们就报警！”

“少拿警察吓唬人！”吉祥在电话里偷偷对言庆说，“我们一起到北京去，我还就不信，他们还真能让警察去抓咱们？咱们是自由恋爱，你情我愿，谁都管不着！”

初春三月，乍暖还寒，两个胆大包天的热恋情侣偷偷带了些私房钱，连件多余的行李都没带，学校的毕业证也弃之不顾，头也不回地奔上南下的火车，奔赴他们心目中的理想天地。

为了省钱，他们租住了地下室。一排排密集狭小的单间，卫生间、盥洗室在走廊的尽头，几十号人共用。这里没有厨房，却也不禁止烟火，所以有人用简易的煤气灶在走廊里做饭。厕所的味道混着洗衣粉、洗发液、炒菜油烟的味道，在阴暗潮湿的地下室走廊形成一股无形的霾，让人透不过气来。言庆和吉祥的房间是这些“户型”里最小的，只有一张单人床，一张破书桌，没有衣柜——也好，他们根本也没什么多余的衣服。棉衣脱下来当被子盖，毛衣卷一卷可以当枕头。唯一值得安慰的是，有一根浴室的热水管穿过他们的屋子，使得屋子里相当暖和，一股暖烘烘的热气把房间跟走廊隔成两个世界。吉祥傻笑说：“一进门就像进被窝一样！”

在“被窝”里，言庆和吉祥抱在一起，对新奇又未知的世界无限憧憬。他们想象着找到工作，挣钱，换更好的房子，在北京立足。说笑间就听到隔壁房间传来奇怪的声音。男人的喘息夹杂女人的呻吟，再配上床板吱吱嘎嘎的响动，夜深人静之时显得格外清晰。言庆和吉祥屏息听了一会儿，突然明白了其中的奥秘，挤在棉衣搭就的“被窝”里咻咻笑成一团。“我们也试试吧，看谁的嗓门儿大。”吉祥热热的鼻息凑在言庆的耳根，害得他气血上涌，真的就要把持不住。

“我不怕你笑我封建，对待男女问题，我特别认真，真的。”言庆对我说。他的东北口音很重，经常给人很有趣的印象，事实上他也是朋友圈子里特别会逗乐的人。但是说这句话的时候，他给我的感觉是特别严肃。

“我不知道你听没听过别的处男给你讲他们的经历，反正，我可以告诉你，当时我特别紧张。兴奋是肯定的，但是真的很紧张。”他停了停又说，“我紧张是因为，在我们老家，你跟人家姑娘睡了，就得对人家负责，这是姑娘一辈子的事儿。吉祥对我好，大老远跟我跑到北京，我得对她负责。”

如果说前一秒钟我还为话题的直白有些难为情的话，言庆说出最后一句话时，我竟有些感动。“约炮”信息满天飞的时代，贞操早已经不是什么特别敏感的话题了。即便是今天的言庆，也未必仍旧相信“初夜即终身”。但当时的他就是那样的心思，不是一味向姑娘索取，而是铁了心也把自己的未来交付。他没什么浪漫衷肠，有的只是最朴素的观念，对她负责，对她好。她还没有准备好嫁衣，他已经认定她是唯一的新娘。

那是最拮据的日子，交了房租之后，手里只剩下几十块钱。为了找工作，言庆还买了一件最廉价的白衬衣，手里没剩下几块钱。早饭不吃，午饭尽量晚吃，这样晚上不是很饿的话就可以不吃。地下室门口就有一个靠近小区的菜市场，馒头很大很便宜，吉祥吃小半个，言庆吃大半个。他们曾经在早点摊儿上偷过免费赠送的咸菜："老板也许看见了，也许没看见，反正没人管我们。我们当时太馋了。"两个人每天都跑去地铁站领免费的报纸，然后按照报纸上的招聘信息去找工作。因为没有学历又没有经验，一般都是找服务员、保安、推销之类门槛比较低的工作。

不过，那也是一段有情饮水饱的日子。一点点的甜都像酵母，泡在水里能发酵出回味半生的香醇。吉祥先一步在饭店找到了工作，在大堂做服务生，月薪八百元，表现好的话还有额外奖励。吉祥眨巴着大眼睛对老板说："可不可以先预支给我一个月的薪水，我和男朋友都半个月没吃肉啦！"老板笑着说："好。"吉祥在路边的小饭馆买了一份回锅肉带回地下室，两个人就着馒头把饭盒里的最后一滴油都抹得干干净净，然后挤在床上说："今晚一定吵得隔壁睡不着！"很多年后的言庆吃遍了山珍海味，甚至生出了胆固醇和脂肪肝，却再也没有吃过那么香的回锅肉，也再没有一个姑娘会和他一起用馒头皮抹盘子底的油。

两个人的日子似乎有了起色，但是厄运接连降临。吉祥晾在公共晾衣绳上的内衣被人偷了。起初吉祥以为是谁拿错了，就在原地贴了张寻物启事。第二天去看时，那张纸早掉在地上，被踩得污浊不堪。有个好心的大姐提醒她："真的有人臭不要脸偷内衣的，你不要再晾在这儿啦。"吉祥有生以来第一次遇到这样的尴尬。她和言庆说了这件事，言庆气得在走廊里骂了半天，却也没办法。吉祥只能叹气："还要买新内衣，又多了一笔意外开销。"

紧接着，吉祥又不走运，在饭店工作时不小心弄脏了食客的衣服，对方不依不饶，硬说自己的衣服是名牌，向吉祥索赔天价。饭馆老板出面调解，不起作用。为了息事宁人，老板先垫付了客人赔款，然后让吉祥写了欠条，要在她的工资里扣除。吉祥第一次哭红了眼睛回家，而脾气火暴的言庆听说这件事之后气得要去找饭馆的老板吵架，吉祥反劝他要"感恩老板解了围"。

吉祥半夜哭着睡不着，言庆也有了不曾有过的叹息。他曾以为自己是无所不能的大好青年，怎么可能赚不到钱呢？怎么可能保护不了自己的女人呢？在言庆的脑袋里，这是男人与生俱来的本领。可是如今他才意识到，偌大的北京并不是黄金满地等着他去捡的地方，他连一份像样的简历都没有，面试时甚至都不能说服面试官相信他的工作能力。而最令他恐惧的是，这个巨大的城市隐匿了太多不安定因素，到处都有他看不到的麻烦和陷阱，他想要极力保护的人，说不定什么时候就会陷入他鞭长莫及的危难境地。原本应该最亲近的他，甚至会成为最后一个知情的人。这太荒谬了，他被一种巨大的无力感包围住。

同居以来，他们第一次背对背睡觉。空空如也的小屋子如今已经有了简易衣柜、凳子、脸盆等日用品，爱美的吉祥还弄来一块别人扔掉的半身穿衣镜。空间越来越满，心却越来越空。他们都不知道以后的路要怎么走，曾经向往过的无边的自由，如今却变成不知如何支配的迷茫。就好像两个站在悬崖边上的人，面对广阔天地，竟也生出无处容身的悲凉。

后来是吉祥先转身在后面抱住言庆，把脸埋在他背后低声说："你别生气了，一切都会好起来的。抱抱我好吗？"

言庆假装睡了，没说话。他怕自己转过身去之后会在心爱的女人面前没出息地哭出来。有了性经验并不代表你就从男孩变成男人了，有了深夜默默流泪的经历，才是。

也正是在这个时候，言庆的弟弟给他打来电话说，吉祥的爸妈真的报了警，现在他们要以绑架罪抓言庆。弟弟还告诉言庆，吉祥的爸妈还找到了姐姐、姐夫家，搅得他们全家不得安宁，姐夫是典型的蛮横男人，拳头不长眼，拿姐姐撒气，把姐姐打得起不来床。

这下，言庆坐不住了。他对我说：“不怕你笑话，东北农村很多事就是不成章法。我妈嫁给我爸的时候还不满十七岁，结婚都是假报的年龄。我姐姐出生时我妈也才十七岁多，她们又像母女，又像姐妹，患难与共才把家撑起来。我和我弟弟是我姐姐养大的，我能上个中专学点儿手艺，也是我姐姐用嫁人的聘礼交的学费。我姐嫁人的时候年纪也不大，嫁过去了，有好吃的总恨不得藏着掖着带给我，自己舍不得花的钱都攒起来背着我姐夫偷偷给我。我这么大了，还让她跟着受这种委屈。在那一瞬间，我觉得爱情什么的，都是扯淡。”

听到这句话，我有些愤愤不平：“我最看不惯你们男人把爱情排在所有事情的最后面，家庭重要，姐姐重要，尊严重要，最不重要的就是爱情吗？”

“要不然呢？你以为呢？”言庆反问我。我竟无言以对。

“我曾经以为爱情是第一位的，也相信我能为了爱情不顾一切，可是事实上我做不到，那是一己之私。你是写小说的，你们都特别能写，说相许终身啊朝朝暮暮啥的，其实都很扯。

反正我没办法只为我和吉祥两个人活着。”

“那你又何必让我写你的故事呢？”我的脾气上来也有些拗。

“你别生气呀，”言庆叹了口气说，“虽然我没有全力以赴捍卫爱情的决心，但是，我总有难过的权利吧。你们总忙着写大团圆的结局，为什么就没人写写分手的故事？”

这下子轮到我吃瘪，只好请他继续。

言庆并没有把家里的详细情况告诉吉祥，只说家里出了急事，必须赶回去。他们连路费都凑不够，不得已又是吉祥从打工的饭店老板那里借了钱。老板似乎能看出这对逃命鸳鸯的窘境，犹豫了一下说：“我也不要求你们写欠条了，就当我做善事吧。”言庆回忆说，他永远记得那老板的表情和语气，有怜悯，有施舍，也有隐隐的不屑，似乎在说，小伙子，你怎么可以带着女朋友活成这样？

回到东北，言庆把吉祥送回家，郑重其事地给她的家长道歉。吉祥的父母一定要警察把他抓走，最后是吉祥哭天喊地才压了下来。言庆找到被姐夫打得鼻青脸肿的姐姐，忍了很久的眼泪终于掉下来。姐姐说：“没事就好，姐姐很担心你。”并偷偷在他手心里塞了两百元钱。言庆对我说：“那一刻我就发誓，不混出个人模狗样来绝对不再回家。”他给吉祥打了个电话说：“听你爸妈的，找个老实人嫁了吧。”

吉祥在电话里泣不成声：“你说过对我好一辈子的，你不能说话不算话，你得对我负责。”言庆硬了硬心肠说：“哪儿有什么一辈子不一辈子的，随便说说你也信。现在都啥年代了，又不是上了床就一定得结婚。你忘了我吧。”

之后的五年，言庆一直在北京混，没有回过家。他住过更简陋的地下室，一个房间有四张高低床，睡八个人；也睡过值班室，当保安，看着衣香鬓影的住户春风满面进出高档社区；后来做销售，睡公司提供的宿舍，三室一厅的正规单元房，他自己一间，有独立的卫生间和宽敞的厨房；再后来睡上三星四星酒店，跟老板出差，付费接受门缝塞进来的小广告服务。有时半夜醒来，会忘记自己在哪张床上，睡在哪个人身边。偶尔恍惚，觉得身上盖的是棉衣，身边躺的是吉祥。酒店的大床有两米宽，翻跟头睡都不会掉下去，所以那些记不住名字的姑娘不会跟他黏在一起。那时候，他怀念地下室单人床上那硌人的床板和温暖的拥挤。

言庆买车的那一年，老家的弟弟说，吉祥结婚了。吉祥嫁的是个公务员，家境还不错，两口子在县城买了新房子，吉祥的爸妈逢人便说女婿多有钱对女儿多好，买新房送轿车买钻戒。言庆问他：“你见过吉祥吗，她看起来怎么样？”他弟弟说：“你们刚分那会儿不太好，还跟我打听你的消息，后来总是联系不上，就死心了。”

不久后，言庆回了一趟老家，看望家人，也偷偷去吉祥住的小区转了半天。他很希望像故事里说的那样，制造一次偶遇，说句好久不见，把当年的心情做一番解释。可是没有机会，他只在黄昏的时候隐约看见一个像吉祥的女人甜蜜地挽着一个男人的手臂从停车位走向单元楼。那一刻他突然害怕了，害怕那是她。

回北京之后，言庆开始第二次恋爱。那是他做汽车销售时认识的一个小姑娘，同样来自东北农村，给他工作的公司送盒饭。言庆的盒饭总是由她亲手递过去，米饭很满，肉片很多——知道那是“特别照顾”已经是很久之后的事了。小姑娘第一次跟他上床的时候，言庆并没有特别的想法，只是把她当成从前那些来来往往的姑娘中的一个。工作疲惫让人麻木，及时行乐不是很好？可是她哭了，喊疼，指甲恨不得掐进言庆的肉里，浑身抖个不停。那时言庆才意识到，那个一无所有的小女孩对他的好不仅仅是一饭一蔬，还包括了她认为最宝贵的东西。

“我跟她说了吉祥的事儿，我也告诉她，我心里一直想的是吉祥。如果哪天我听说吉祥的老公对她不好，我会跑回去为她拼命。她说，她喜欢我就是因为我是个有责任心的人，所以她理解我。她就是想嫁给我，一辈子只跟我一个人。”

言庆问我：“是不是觉得我挺无聊的？说来说去，就是这点儿大男子主义的自私念头。欺负俩小姑娘，还这么理直气壮。”

我一时想不出怎么回答，只是叹了口气说：“只能说你小子运气好吧，总有小姑娘为你舍生忘死，无私奉献。”

言庆笑得很大声，说：“作家真会说话！”

我还是要问他一个严肃的问题：“这个故事写下来，你想传达什么呢？既然你恭维我为作家，我就很想刨根问底地问一句，这个故事的意义是什么呢？”

言庆特别东北范儿地说了一句：“哎呀妈呀，我就是想让你帮我总结呢，你却反过来问我！”然后又说，“这么说吧，如果吉祥能够看到这篇文章的话，我希望她能明白，我不是对她不负责，也不是存心骗她，只是在当时那个情况下，我真的不忍心拉她陪我继续受苦。没能陪她一辈子也是我的遗憾，但是请她相信，我真的很用心地爱过她，我不希望她带着被欺骗的回忆过后半生。至于未婚妻，如果她看到这篇文章的话，也希望她明白，也许我对爱情仅有的一点儿热情没有给她，但是我会好好呵护我们的家。爱情这玩意儿，”言庆憨憨地笑了一声，“不是人生里唯一重要的东西。”

在家族的同辈女性中，我从小就是个子最高的，高二时长到了一米七四，稳居身高排行榜第一名。这也成了逢年过节家族聚会的主要话题之一，所有姑姑舅舅见到我必定说：“这孩子长得可真壮实！”他们是当好话说，可我真没法当成好话听，用形容猪崽子的词儿形容一位花季少女真的好吗？另外，你们能明白永远买不到腰围合适、长度也合适的裤子是多么沮丧的事吗？你们能明白不能在心爱的男孩面前撒娇卖萌只能跟人家站在一起称兄道弟有多么令人痛心疾首吗？你们能明白跟同学并肩走在一起永远替别人撑伞的劳其体肤吗？你们这些不明真相的群众！

大只女在密谋幸福

终于，高三那年，我守得云开见月明，堂妹张明媚突然迎头赶上，追齐了我的一米七四，并且半年之后疯狂地刷新了我们家族女性的身高纪录，直接长到了一米七九。这下子她成为大家的焦点了，轮到我姑姑发愁了：“我家张明媚以后可怎么找对象啊！”

我前所未有地爱张明媚，有事儿没事儿就亲密地凑过去说：“哇塞，你都一米八了，你们班男生女生加起来数你最高吧！”张明媚给我一记如来神掌：“死开，谁说我一米八，我一米七九！”我亲热地挽着她的胳膊：“哎呀，小鸟依人的感觉好爽！”她作势要拿刀砍我。

嘴贱归嘴贱，大概是海拔接近的缘故，我们一直关系最好。她小我半岁，但是跟我同一年考大学，我去了云南她在天津，我俩整天忙着上网聊天打电话汇报各种心得，从偶像剧到特色小吃，包罗万象。当然，女人的电话粥里，少不了男人。张明媚先我一步谈恋爱，男朋友是体育系篮球专业的，身高一米八八，跟张明媚站在一起别提多登对。她寄照片给我看，跟我显摆：“怎么样，我男朋友帅吧，像不像流川枫？”我说：“明明像大猩猩。”她说：“你忌妒。”我说：“那我不忌妒了，给你俩唱首祝福歌好吗。你俩站在一起就像一处名胜，‘二呀么二郎山，高呀么高万丈’。”她气得半个月没理我。

再打过电话来，张明媚的语气不那么明媚了。我说：“怎么，蜜月期过了，开始横挑鼻子竖挑眼了吧？”她说：“你能不能有一次不扮演乌鸦嘴呀！”又说：“被你说中了，我们俩之间真的有问题。我觉得跟他没啥共同语言，我喜欢的他不喜欢，他感兴趣的全是我的软肋。”

原来如此，体育白痴的张明媚，找了个体育狂人。

别看身高接近一米八，张明媚的体育成绩可没那么好。初中升高中时要考体育，虽说她那会儿还没有那么高，但腿也算长，迈开大步跑得不慢，可耐力始终没练出来。再加上青春期多少有些心律不齐，呼吸节奏调整不好，她在体育课上都是畏畏缩缩，能躲就躲。到了高中开始蹿个子，但是体育细胞并没有相应增加，学校运动会的时候老师总鼓励她去报名参加跑步跳远什么的，她非常坚决地拒绝，搞得老师批评她不爱参加集体活动。后来实在推托不过，张明媚参加了标枪和铁饼项目的比赛，结果呢？标枪差点儿戳到她自己，铁饼根本没扔出赛区，险些砸破脑袋。

张明媚的男朋友就不同了，原本就是以体育特长生的身份考进大学，初中、高中一直在打篮球，最大心愿就是到美国打NBA。虽说这白日梦实现的可能性微乎其微，但是篮球是他生命中最重要的东西。刚认识的时候，张明媚鹤立鸡群，在一群啦啦队女生中非常惹眼，他觉得两个人交往一定会很幸福。但实际相处起来才发现张明媚连篮球的基本规则都不懂，她再漂亮他也觉得单调乏味。

张明媚哀号："张躲躲啊，难道我们高个子就没有文弱的权利吗？"

我被这矫情的用词儿逗得哈哈大笑，但很快又备觉凄凉。谁说不是呢，虽然我比她矮五厘米，但她说的这份尴尬我完全理解啊。我大学刚入学就被强行安排到运动会上参加铅球比赛，结果我还没有小个子扔得远，收获无数嘲讽。那小个子是专业"三铁"运动员啊，我能比得了吗？

我说："算了，张明媚，不就是个男朋友吗，你年轻漂亮又懂事，还愁没人追吗？你身在北方，幅员辽阔，地大物博，物产丰富，盛产帅哥，用不了几天就有新男朋友了。我才惨呢好吧，云南这边儿人都矮，我走在街上回头率倍儿高，男生看我都羡慕我玉树临风，而我放眼望去，四十五度角俯视一片黑压压的后脑勺。"

张明媚笑趴了，说："拜托你少说两句损话吧，否则真没人要你！"

我暗自嗟叹，我也不想这么损啊，但是所有人都觉得身材高大的人就理应具有更强的抗击打能力，就可以随便嘲讽。可事实不是这样啊，我也是花季少女，我也有玻璃心啊！

张明媚的第二次恋爱发生在毕业季，正是忙得人仰马翻的时节。这次她倒没主动向我汇报，我辗转从姑姑那里听说。家长的眼中是没有“恋爱”这个概念的，他们认可的说法是“搞对象”，两个人样子差不多，家境什么的都合拍，所谓“门当户对”，俩人就可以搞一搞。所以当姑姑跟我说张明媚的新男友身高一米九二，年纪轻轻就身居要职，在开发区买了大房子，以及父母如何长袖善舞等，我是不太关心的。我知道她这么说多少都有炫耀的成分，无非就是暗示我“你妹都快嫁人了，你怎么还不赶紧带个男朋友回家”。我懒得听她多说，抓紧时间联系张明媚。我本科毕业保送读了研究生，暂时没有求职的压力，有很长一段时间张明媚都没跟我谈人生谈理想。

“我妈嘴可真快，我都不知道自己谈恋爱了。”张明媚在电话里说。

“你跟那小科长怎么认识的？”

“我这不是在考公务员嘛，我爸在帮我走动关系。结果公务员没考上，倒成了相亲大会。那小科长家里经济条件不错，他个子又高，所以一直没找到合适的女朋友。他好像还挺中意我的，时不时送个花打个电话。可是我真觉得……”

有情况！张明媚从来没这么含糊过，真的有情况！我追问：“有什么好犹豫的，喜欢就是喜欢，不喜欢就是不喜欢，你不是一直推崇做人要简单吗？”

她没回答我的话，反问我：“张躲躲，你说，我们找男朋友一定要考虑身高吗？”

这话我还真不知道要怎么回答。谁不想当最萌身高差里的那个软妹啊，谁不想抬起头来看男朋友英俊的侧脸啊，谁不想起风的日子钻进男朋友怀里躲风啊，谁不想穿着高跟鞋挽着男朋友手臂摇曳生姿啊。可是作为一个身高一米八，哦不，一米七九的女生，想实现这个愿望的话，可选择的男生就太少了，不是吗？几乎所有初次见面的人都会说一句：“哎呀，这么高哇，男朋友一定是篮球队的吧！”好没创意啊，就不能是国际超模吗？

那次谈话我们第一次没有毒舌相向，深刻细致地探讨了一下身高和择友之间的关系。一贯被我虐待的张明媚以空前坚强的语气对我说：“我决不当灵魂上的矮子。”

“这还没嫁过去呢，怎么一股子受气小媳妇的味道？”

“你这家伙就是嘴毒鼻子灵！”张明媚叹口气，“小科长的为人吧，倒也还行，我对他，说不上喜欢，但是不讨厌。可他的家长实在难缠。我才只见过他们一面，就摆出一副施舍的面孔，就好像除了他家儿子我不会再有更好的人选。他爸爸当官当久了，有官腔，我也认了。可是他妈妈竟然说：‘张明媚呀，你看你这个子这么高，找男朋友很困难吧，能遇到我儿子，真的是好运气呀。’哎哟，我这爆脾气，怎么着，我张明媚个子高有错吗，就应该接受施舍然后跪下去舔她的脚？没有男朋友又不会死，我才不想低头弯腰地活着！”

说完这话，张明媚真就下了狠心，跟那小科长断了往来。她说得很干脆：“我要出国留学，短期内没有结婚生孩子的打算，让你妈妈再帮你另寻高明吧。”

后面两年多的时间里，张明媚开始头悬梁锥刺股。她本科专业学的是酒店管理，毕业后公务员没考上，后来去了一家知名酒店做储备干部。她想出国读 MBA，要攒够两年的实践管理经验，还要学习很多考商学院必需的相关课程，工作之外的时间都用来学英语了，别说恋爱，连睡觉的时间都要挤。每次打电话给她，她都说在学习，有一次甚至说在做数学题。天啊，高考结束那天我就再没碰过数学了，听起来好遥远。我说：“你何必这么拼命呢，在国内轻轻松松能过得挺好。”她说：“我这身高，这身材，在欧洲应该算正常吧。”得，还在这上面较真儿呢。

天道酬勤这话不错，虽然一路走过去磕磕绊绊惊险无数，张明媚总算是如愿以偿地进了商学院。“Oh my god！那真叫一个卧虎藏龙，我同学里动不动就是投行顾问或者企业高管，到处都是 surprise，我这种 freshman 很不好意思跟人打招呼呢！”张明媚读了 MBA 之后先在美国学了半年英语，回来之后满口假洋鬼子味儿，我忍不住打趣她：“美利坚的小伙子们有你高吗？”她冲我喊：“Shut up！”

还真不能小瞧她，商学院念得好坏不提，她又有新男友了。用她的话说，那是同一个 team 的同学，一起做 case，相处久了就有了 feel。我白她一眼：“他比你 taller 吗？”她顾左右而言其他：“我喊他蜜瓜。”

蜜瓜同学以前在酒店做中层管理，进了商学院跟张明媚分到同一班，又在同一个团队。其实商学院并没有传说中那么轻松，课程多，作业任务繁重，老师又用英语授课，厚厚的一叠专业资料光是看懂就很耗费力气。张明媚身体吃不消，白天没食欲，晚上失眠，上课又瞌睡，眼看就要掉队。蜜瓜同学说她体能太差，开始带着她锻炼身体。张明媚说：“你死了这条心吧，我这辈子，上富豪榜有戏，上跑道没戏。”蜜瓜微微一笑，慈祥又自信：“事在人为。”

商学院地处郊区，环境封闭，学员们基本都是一人一车，方便出入。蜜瓜不容分说地没收了张明媚的车钥匙，要求她出入只能步行，每天傍晚要跑三千米，回到寝室再做 plunk 之类的力量练习，完不成任务就不许复习功课。张明媚气得咬牙切齿，恨不得伸出大长腿踹他两脚，可当她伸出腿来的时候，发现自己真的比以前有力量多了。原来很多事，在有人陪伴之后，会变得简单有趣。

功课稍有空闲的时候，同学们聚在一起喝酒、撸串、看电影、K 歌，蜜瓜跟张明媚也很谈得来。她说爱看美剧，他挥一挥包里的移动硬盘，1T 的存储，应有尽有。她说想吃海鲜，他打个电话，老字号的外卖半小时就到了。“这蜜瓜还真的蛮甜呢。”张明媚娇滴滴地对我说。

唯一美中不足的是，蜜瓜比她矮一截，而且是在她完全不穿高跟鞋的情况下。有一次他们一起参加派对，每个人都盛装出席，张明媚绾起长发穿了晚礼服高跟鞋，和蜜瓜拍了张合照。她把照片发给我看，我一个没忍住脱口而出 ：“这哪儿是蜜瓜呀，简直是蜜枣。”好险，她没拉黑我。

我问张明媚 ：“这世界上我喜欢你你也喜欢我的爱情不多啦，可偏偏你俩外形看起来不般配。如果不能兼得，你要灵魂还是要肉体？”她说：“我要锯腿！”

课程到了第二年下学期，蜜瓜要去日本实习，而张明媚要去欧洲。临走前蜜瓜送她上飞机，有点儿依依惜别的意思。

我觉得他俩有戏。

然而事情总没有预想的那样顺利，说是玩野了也罢，说是事业心强也罢，张明媚这一去，真就不想再回来了。她的一位老师在美国做投行，希望张明媚过去工作。张明媚去看了一下，怦然心动。原本她想的是毕业后在北京或者上海找家高端酒店做管理，既是自己的老本行又都是喜欢的城市，工作起来会非常得心应手。可是老师对她讲了一些做天使投资的事情，加上那两年风投在国内非常火爆，这让张明媚非常动心。

“那些人手里攥的都是美金，美金呀，dollar！”她在网上张牙舞爪地跟我说。

“美金又怎样，还不是投给别人，又不是揣进你自己腰包。”

“你怎么变得这么短视，如果投资成功了，我的提成也很多呀！投资是看眼光的，在这个冒险的过程里藏着无尽的乐趣，好有诱惑力呀！”

“你要是不回来，蜜枣怎么办？”

张明媚想了想，回复说：“他可以选择追过来，也可以选择等我，还可以选择放弃我。我把权利交给他好了。”停了停，她发过来一个沮丧的表情："我问过我自己，是不是隐隐有点儿逃避心理，我不知道回去之后要不要跟他在一起。他说我是女神，愿意当我的陪衬。可我还是没想好，要不要放下一辈子的虚荣，找一个比自己矮的老公。"

他们两个人具体怎样交涉的，我不得而知。总之过了半年，连我都有点儿放弃了的时候，张明媚说，蜜瓜追她追到了美国。

"我说你傻呀，你又不打算干投行你跑来干吗。他说，我不干投行，你干呀，你给我投资一个中餐馆，我去唐人街当老板去！"张明媚故意说得轻描淡写，但是语气里有掩饰不住的甜蜜，"张躲躲，我可先警告你，你要是再敢说他是蜜枣，我画圈烧纸诅咒你胖二十斤。"

我靠，什么血浓于水啊，什么闺密情深啊，有了男人，全完蛋！

后来张明媚还是携手蜜瓜一起回国了。我追问她原因，她说她思前想后，还是觉得国内的投资环境更好，她面试了国内一家投资公司，决定回来发展。但是蜜瓜的说法是，他精诚所至金石为开，一片深情感动了张明媚小姐，事业心全军覆没，只想着快快回国举办豪华婚礼。

别说，他们那场婚礼确实值得期待，光是礼服和鞋子就让我们这些兄弟姐妹绞尽脑汁。家里没有任何人预想过张明媚会嫁个小个子男人，所以“脑补”画面时全都乐不可支。张明媚气急败坏：“他哪儿有你们说的那么矮，有一米七多呢，跟张躲躲差不多！我不穿高跟鞋还不行吗，让他穿个内增高，不会差太多啊！”这话被蜜瓜听着了，他非常镇定地说：“穿，喜欢穿就穿，穿多高都没事儿，老公衬得起你！”爷们儿得不行不行的。

婚礼那天，穿了高跟鞋的张明媚比她的蜜瓜老公高出至少十五厘米，但是她老公淡定自若，穿起三件套西装，英俊潇洒宛如詹姆斯 · 邦德。交换戒指的时候，司仪问新郎：“你为什么娶她？”蜜瓜清清嗓子，深情款款地盯住张明媚，说：“她拿走了我的信用卡，一直没还我。”全场爆笑，张明媚笑得狠狠打他一拳，然后没忍住，在脑门儿上亲了一下。我突然就想到黄耀明那首歌：“不为日子皱眉头，答应你，只为吻你才低头。”上天眷顾所有灵魂不打折的姑娘，让她维持大女人的风度，也享受小女人的幸福。

想念却不想睡的人

单身派对结束时已经过了午夜两点，朋友们相继离开，只有我留下陪准新娘顾敏。“结婚以后这么疯的机会就少了吧。”顾敏说，“有种新仇旧怨一并了结的快感。”

“还有什么前任需要联系，还有什么旧情没剪断，赶紧。”我把手机递给她，嘴里哼着一首老歌歌词，“因为明天我将成为别人的新娘，让我最后一次想你。”

她笑着踹我一脚：“滚，别拿这靡靡之音玷污我神圣的感情。”

“听说结婚之前都会想到前任啊，你想到哪个，我帮你拨电话。见不到，听听声音说句‘祝你幸福’也好啊。别不好意思，谁心里没个想念却不想见的人。”

顾敏说：“我想魏鹏。”

我手机差点儿摔地上。真担心她会在婚礼前跟人私奔。

刚参加工作那会儿工资低，舍不得在城里租房子，刚巧我一个朋友家在六环外的农村有个小院子出租，价格非常低，我就整租下来，在网上把厢房转租出去。第一个租户就是顾敏。后来没多久，她的大学同学魏鹏也来北京找工作，暂时找不到落脚的地方，我把另一间厢房转租给了他。

那时真是年轻，凡事不觉辛苦，每天上班倒三趟车耗时两个小时，早上披星戴月出门，晚上披星戴月回家，在公交车上抓紧时间看书，回家之后还要加班学习各种资料，整个人比备战高考还拼。顾敏和魏鹏也是。我在出版社做编辑并在业余时间写小说；顾敏在一所民营学校接受“魔鬼培训”，期望能够当上学校的老师；魏鹏在一家设计公司实习。我们都是职场菜鸟，吃尽各种苦头。最开心的就是每个星期五晚上，那是我们约定的放纵日，不管多晚到家，都要炒几个菜，开几瓶酒，看着电脑里的情景喜剧嘻嘻哈哈，喝醉了就大骂同事和老板，哀叹爱情是难题。院子里种着花草，有蚂蚱跳，有蟋蟀叫，还有萤火虫飞，我们的酒话似狂欢似梦魇，最终总是以醉得东倒西歪不知道怎么爬回自己的床收场。第二天醒来生龙活虎，又是三条好汉，斗志昂扬地相信生活一定会更好。

生活当然会更好，老天眷顾所有勤勉努力的年轻人。半年后，我写完了自己的第一部长篇小说，顾敏通过层层筛选成为学校的老师，魏鹏设计出入职之后的第一件作品。更让人激动的是，顾敏有了男朋友。

那男生是顾敏的同事，早她三年入职，算是前辈，在工作上对她有很大帮助，后来帮着帮着就帮到了床上。他第一次跟顾敏回我们的“家”的时候，我在顾敏脸上看到了一种带未婚夫回家见父母的羞涩和忐忑——同时，也在魏鹏脸上看到了一种父亲见到未来女婿上门时才有的不安和挑剔。他一边在厨房沏茶，一边跟我吐槽：“一身沐浴露的淫邪香味儿，肯定不是好鸟。看人的眼神儿也躲躲闪闪，肯定心里有鬼。”

“你喜欢顾敏！”我拍了拍自己脑门儿，“我真傻，我单知道下雪的时候野兽在山坳里没有食吃，会到村里来，可我万万没想到一匹狼竟然在我家藏了这么久。什么叫引狼入室啊，照照镜子就知道了。”

“别胡说，我跟顾敏是哥们儿！”

“狗屁哥们儿！你敢说你不喜欢顾敏，我牙刷给你刷马桶。”

我不是信口开河，我只恨自己反射弧太长。当初听顾敏说，魏鹏原本在郑州有份很稳定的工作，是为了更好的发展平台才来北京。那时我只顾着高兴，说：“这下好了，家里终于有男劳力了，大骡子大马都可以歇歇了，刷马桶、通下水道、换煤气罐、劈柴、搬煤块这种事都有人做啦！”我绝对没开玩笑。村里比不上城里，没有服务周全的物业管理，家里的各种体力活儿都需要亲力亲为。冬天取暖是我们最头痛的问题，当时租房时我朋友就交代过，十月底村里就会有人来推销蜂窝煤，我们需要大量储备，不但人住的房间要生煤炉，厨房厕所都需要。这不仅仅是为了取暖，还是为了防止冬天水管爆裂或者结冰。为了省房租，就要豁出去辛苦。虽然我们做好了心理准备，可真正操持起来，我跟顾敏都有一种束手无策的感觉。我们都不知道怎么买煤，我们更想不出要怎样点火才能不让自己死于一氧化碳中毒。

这些难题，因为魏鹏的存在，轻松化解。他就像一本百科全书，生活中没有他解决不了的问题。他才搬来一周，就弄明白了村里有几户人家、村长是谁、电工是谁，他还奇迹般地找到了有各种蔬菜卖的百货超市，而之前很长时间内我和顾敏都以为村里根本没有超市，一切生活用品都要在下班时从城里大包小包地拎回来。他是神奇的魔术师，只需要挥一挥魔术棒，城市和乡村的界限就完全消失。我们可以付低廉的房租却住得那么爽，大部分是他的功劳。

先前我总以为，魏鹏是众多“北京追梦人”中的一个，不满意故乡安稳的生活，想出来锤炼更优秀的自己。可是在顾敏领回男朋友的这一天，我脑袋里闪现以往的种种，突然明白魏鹏的种种苦心：顾敏才是渴望追梦的那一个，他只是义无反顾地追过来，为她保驾护航。所以他才会在顾敏痛经痛得死去活来的夜里吵醒整个村子里的狗，去找赤脚医生要止痛药；所以他才会在顾敏生日的时候花掉一个月的实习工资，送她一枚渴望已久的水晶胸针；所以他才会在顾敏找到男朋友之后一边说着“祝福”一边毒舌表示担心。

“魏鹏，横刀夺爱吧，那小子竞争不过你，我站在你这边。”

“别傻了，你看她，笑得多开心。但愿我想的都是错的。”

春节收假，顾敏是哭着回来的。她老家的妈妈一向身体很好，春节时突然毫无征兆地昏死过去，抢救过来之后，医生说是心肌梗死，需要来北京做手术。顾妈先是在安贞医院住了院，但是医院说她的心血管太脆弱，做支架风险太大，建议她直接做搭桥手术；后来又说搭桥手术的成功率也很低，为了稳妥起见，建议她去阜外医院试试。顾敏就帮妈妈转院，联系专家，终于找到一位艺高人胆大的医生，同意接这个手术。但是之后还有大笔的手术费要交。她爸爸去世早，哥哥已经成家，因为刚买了房子，手头没有钱。顾敏也才转正不久，攒了一点儿钱，但是不够。她最先想到去找男朋友借钱，但是男朋友委婉地拒绝了。

被拒绝并不是顾敏伤心的理由，让她伤心的是，男朋友告诉她，他另有一个女朋友，春节时去见了家长，他马上要结婚了。顾敏被妈妈的病急得晕头转向，说："我没有心情跟你纠缠，就当普通朋友也好，你借我点儿钱应急可不可以，我先让妈妈做手术。"男朋友（或许称前男友更合适）支支吾吾地说："我刚刚跟未婚妻坦白财政状况，所有的钱都在她手里，我……恐怕拿不出钱来借给你。"

魏鹏把炉火生得很旺，屋子里非常暖和，但是顾敏的手一直冰凉。她呆呆地坐在椅子上，不断说着："这下我完蛋了，救不了妈妈，我很快就成孤儿了，我快没有妈妈了。"

魏鹏在她后脑勺拍了一下："胡说八道，哥们儿是干吗用的，不就是拿来想办法的吗？我这儿还有点儿钱，不多，先帮咱妈把住院费交了，其他的再想办法。"魏鹏把一张银行卡塞到顾敏手里，"密码是我生日，要是敢忘了老子掐死你。"顾敏挤出一个难看的笑脸。

我一贯花钱大手大脚，手头存款不多，也都取了出来给顾敏应急，但钱还是不够。顾敏跟老家的哥哥沟通，让他把房子卖了给妈妈治病，但是嫂子哭天抢地地不同意，说是卖房子的话就离婚。

那段日子顾敏还在坚持上班，因为每请一次假都意味着赚到手的钱更少一点儿。更何况，她的单位竞争激烈，对老师的要求也严格，频繁请假除了扣工资，还会直接影响到劳动合同续约的问题。“总不能在最饿的时候丢掉饭碗呀。”顾敏用最后一丝力气自嘲。

魏鹏帮她想办法：“你去单位跟领导说明情况，申请提前领工资，以后带利息慢慢还就好啦。领导也是人，遇到这种事不至于狠心不管吧。”

顾敏抱着一丝希望去找领导谈，荒唐的是，领导对借款的事置之不理，反倒提醒顾敏：“我们是不提倡办公室恋情的，更不提倡不道德的办公室恋情。有传闻说你在男女关系上很随意，抢别人男朋友。你应该注意一下，不要影响了我们学校的形象。”

顾敏听得云里雾里，完全不知道他在说什么。她一再追问才弄明白，原来她前男友的未婚妻是学校领导的女儿，前男友为了跟她撇清关系，反咬一口，说她是“小三”。顾敏只觉天旋地转，脚下的高跟鞋摇摇晃晃，不知道是怎样走出领导办公室的。

那天晚上，顾敏回到家已是半夜，手里还拎着一兜子啤酒：“喝，今朝有钱今朝醉，明天没钱马路睡。”

我去抢她手里的酒，魏鹏反倒找出两包酒鬼花生，说：“喝，不借着酒劲儿恋爱，就借着酒劲儿变态。”

春寒料峭，我们仨抱着一堆啤酒瓶子围着屋子里的火炉对瓶吹。顾敏撒酒疯：“我们领导说我是小三，靠，有我这么窝囊的小三吗？一分钱都没赚到手，连几万块的手术费都凑不齐。”然后用酒瓶子指着魏鹏，“你是不是喜欢我？说，你是不是喜欢我？”

“看你那酒鬼样儿，我才不喜欢。”

“骗子，你就是喜欢我！你装模作样说是我哥们儿，其实就是想趁机泡我，对不对？从大一开始你就没安好心，我知道！”

“知道我喜欢你，你还跟我称兄道弟，你也不是什么好鸟！”

“我就不是好鸟。我是小三，我偷人家男朋友！”顾敏喝得酒瓶子找不到瓶嘴，酒洒了一身，还不消停，“我他妈怎么那么不开眼啊，反正是当小三，单位有那么多有钱的人我不去偷，偏偏偷个小组长。我真是瞎了！”

我抢过她的酒瓶子，拖她回房间睡觉，她还不依不饶：“谁都别碰我，让我自己待会儿。我落到今天这样我活该。当初就应该听我妈的话，回家好好找份稳定工作，离她近一点儿，那样她就能照顾我，我也能好好照顾她。我妈守寡十年了，一手把我和我哥带大。我们都大了，可是什么都给不了她。我哥娶媳妇了，买新房子了，可是我妈一天都没住过。我总想着，等我挣更多的钱，带她来北京一起过更好的生活，可是，”顾敏开始哭，“她第一次来北京就是来住院动手术。她身上带着那么多仪器，要吃那么多药，插那么多管子。我，跟个傻 × 似的在一边儿站着，什么办法也没有。我真没用！”

顾敏越哭越大声，干脆瘫坐在地上，抱着膝盖号啕大哭。连日来的辛劳、委屈、压力一起发作，整个人濒临崩溃的状态。后来哭着哭着开始吐，灌下去的啤酒，没来得及消化的花生，一股脑喷在地上，以及我的鞋子上。不等我尖叫，魏鹏已经冲到洗手间拿来了脸盆和拖把。我们不敢让顾敏躺下，怕她再吐会呛到自己，只好扶着她坐在一旁的椅子上，我一边帮她拍后背一边拿着盆防止她再吐。魏鹏负责收拾地上的烂摊子。

顾敏坐下还不老实，不断嚷嚷：“魏鹏，给我唱歌，你唱歌最好听！你不是说过吗，等你有了钱你就自费去录唱片，还要我一起录。我们一起当明星。”

我不知道她这演的是哪一出，但已经被她折磨得头痛欲裂。魏鹏把地板弄干净，拿了毛巾来给顾敏擦嘴：“听话，别再闹了。”

“是不是哥们儿啊！守不守信用啊！我都倒霉成这样了，你唱首歌给我听都不行吗？”

魏鹏蹲下来，像哄孩子似的说：“好，好，我唱。‘风雨的街头，招牌能够挂多久。爱过的老歌，你能记得的有几首。交过的朋友，在你生命中，知心的人有几个……’”

好多年过去，我依然记得那个晚上魏鹏的歌声，低沉的嗓音伴着火炉上水壶里发出的“咚咚”的沸腾声，像是在喧闹的世界里飘出熨帖的安魂曲。顾敏不再哭闹，只是小声抽泣，后来把脑袋倚在魏鹏的肩膀上默默地哭。魏鹏轻轻冲我摆手，让我回房间休息。入睡前我一直想，每个人都要经历几次失态的痛哭才能成长，可惜不是每个人都有顾敏这样的好运气得到可以依靠的肩膀。

“你们没有在一起，我觉得真可惜。”我和顾敏并排横躺在她的床上，把四条腿倒立在墙上——这样可以消除浮肿，可以让腿显得细一点儿。每个准新娘都希望自己在婚礼前暴瘦。

“说了是哥们儿就要一辈子做哥们儿，哪有什么可惜不可惜的。”顾敏说着抓起手机，“不过这哥们儿太小家子气，竟然拒绝参加我的婚礼。我说，老娘这辈子就婚礼那天最美，你不来看一眼是故意不给面子是吗？兔崽子，竟然不再回我微信了。”

“我觉得他是伤心，不愿意看你嫁给别人。”

那个春天特别难熬，开心的事情特别少，满世界的花红柳绿好像跟我们没有什么关联。我的工作各种不顺利，小说出版各种碰壁；魏鹏在办公室政治中站错了队，被分到一个冷清的部门，做的都是很琐碎很没成就感并且提成最少的工作。最惨的还是顾敏，因为谣言四起，工作受到了影响，领导减少了她的课时，摆明了要挤走她，可她急需用钱，一时找不到更好的工作，只好每天忍气吞声。我们怀疑，是不是所有的好运气都在最初的那半年用光了，生活开始折磨我们这些不知天高地厚的死小孩。医院开始追问顾敏到底要不要做手术，什么时候缴费。顾敏又跟她哥哥吵了两次架，依旧要不出钱来。

顾敏最绝望的时候，魏鹏跟自己爸妈说，他女朋友的妈妈急需用钱，给他攒的买房子娶媳妇的钱先拿来应急。冰雪消融，万物复苏，魏鹏才是真正的春天。

顾妈妈的手术非常成功，出院之后在北京休养了一段时间，我们三个轮流照顾。听说是魏鹏在最关键的时候借了钱，她马上露出一副“这孩子这么好，女儿你怎么不嫁给他”的慈祥笑脸。顾敏笑着装傻。然后她紧锣密鼓地辞职、找工作，没过多久就凭借优秀的英语口语能力进了一家外贸公司，薪水长了一大截，并在城里租了一套小房子，让妈妈跟她一起住。她对魏鹏说："大恩不言谢，钱我一定尽快还给你。"魏鹏傻笑："哥们儿之间不用客气。"

后来我和魏鹏先后搬进城，各自有了新的生活，不停奔忙，联系越来越少。偶尔从顾敏那里听到魏鹏的消息，跳槽了，升职了，加薪了等，只是只字不提爱情。直到顾敏和新的男朋友确立关系，攒局大伙儿一起吃饭，我才又见到他。

顾敏和新男友在工作中认识，算是她的客户。客户交往免不了吃吃喝喝，顾敏凭借千杯不醉的好酒量赢得名气。其实她只是不善应酬，不会挡酒，所以干脆以赴死的心态干掉面前的每一杯红酒白酒啤酒。所有人都赞她女中豪杰，唯有这位男朋友发来安慰："女孩子不要那么拼，爱护自己才是最重要的。"因为有先前的"办公室恋情"做教训，顾敏立志不再跟工作圈子的人扯上关系，但是这样的问候绵延持续了很久，像是春风让心中的冰雪消融。她开始跟他有更多接触，工作之外聊聊故乡、求学经历以及曾经梦幻泡影般的理想。顾敏说，她小时候很喜欢唱歌，上大学的时候甚至凑热闹想跟朋友一起组建乐队去参加选秀节目，但知道太难，没有坚持。那人就说这有何难，隔天就带顾敏去了一个私人小录音棚，痛痛快快唱了一个下午，他竟然比顾敏唱得还 high。后来顾敏说：“我不太确定爱情是什么样的，但是我喜欢这种一拍即合的默契和制造小惊喜的浪漫。霉运总算走了，生活还算公道。”

朋友们都祝福顾敏和新男友的恋情，饭局上说了很多吉利话。喝得最高兴的时候，男朋友站起来给魏鹏敬酒，说：“兄弟，你以前帮了顾敏大忙，我必须说声谢谢。以后有用到我们的地方，你尽管开口，我知道你们是好哥们儿，你也不许拿我当外人。”

魏鹏很爽快地说：“好。”然后给顾敏敬酒：“这回你找了个靠谱的男朋友。”说不出为什么，我格外相信魏鹏的眼光，他说靠谱的人那就一定靠谱。果然，四年后，顾敏和男友登记结婚，要举行婚礼。

我和顾敏拉拉杂杂聊着往事，她的手机跳进一条新的微信消息，竟然是魏鹏的。刚才顾敏还在抱怨他没回复，这就来了。他没有发语音，打了一行字过来：“在我心中你一直都美，穿不穿婚纱都是最美的。”

“好肉麻呀！”我抢过手机发语音：“魏鹏你个胆小鬼，你不敢来参加顾敏婚礼！”

顾敏一把抢过手机，给魏鹏发消息：“别理张躲躲，她喝多了。”然后她把手机放到一旁，对我说：“算我自私吧，他这么好的人，我想留着做哥们儿，我才不想失去他。”

“真受不了你，是在写言情小说吗？有必要搞得这么悲壮吗？”

“不是悲壮，是理智。你记不记得有个晚上我喝多了，闹着要魏鹏给我唱歌。”

“怎么会不记得，你还吐了我一鞋呢，后天新郎来抢新娘的时候，我得好好说道说道。”我再次理了理我的反射弧，“等会儿，我被你绕晕了。你那天不是酩酊大醉吗，怎么还记得魏鹏给你唱歌？该死的，你是装醉耍酒疯是吗？”我掐她的脸，“我那双鞋小一千块钱呢，那是毕业后买的最贵的一双鞋，被你吐得臭气熏天！”

顾敏笑：“你有没有良心啊，我那么难受，还不许哭一场啊。我是真的喝多了，可是好多事我记得特清楚。后来你去睡觉了，魏鹏抱我回房间。我不想睡觉，心里特难受，我觉得生活再也不会好起来了，我不知道要做些什么让自己好受些。我知道魏鹏一直喜欢我，大学四年我们总混在一起玩，称兄道弟的，但是他知道我不喜欢他，就没说破。那天我真的太难受了，就想在他身上找安慰。他扶我上床的时候我抱住他，吻了他。”

我吓得差点儿摔下床 ：“拜托，请你告诉我，你只是在他脸上亲了一下。拜托，请你告诉我，在我回房间睡觉之后，你俩没干什么酒后乱性的事儿。”

“我干了。”顾敏像是卸下千斤重担，“我把他按在床上强吻，还脱了他的衣服，解了他的腰带。”

我的鼻血快要喷出来了 ：“我靠，老大你是要告诉我你睡了他，然后穿上裤子不认账对他不负责是吗？”

“我没睡成，因为魏鹏把我推开了，还抽了我一个耳光，把我打醒了。”

我的心终于回归原位。

“我想，这辈子我都会感激他那个耳光吧，否则我就是撒酒疯睡了好朋友的贱人，还会因此失去一个好朋友。他太了解我，知道我当时真正想要的是什么，如果不阻止我，事后我会因为自责而更加难过。他把我保护得太好。”

“所以我不明白，他对你那么好，你怎么不和他在一起？”

“每个人都跟我说，珍惜魏鹏吧，嫁给魏鹏吧，他对你那么好。可是，越这么说，我越有负罪感，我觉得自己亏欠他。我希望我的爱情是一种平等的你情我愿，而不是一还一报的心理补偿。搁网上我就是千夫所指的‘心机女’，可在我心里，真的只能把他当好朋友，这辈子最好最好的朋友。”

顾敏眼角有泪，我拍了拍她的脸说 ：“不许哭啊新娘子，眼睛会肿的。你是对的，现在有爱情，有朋友，最难过的日子都过去了。”

顾敏抹了一下眼泪 ：“我们认识那么多年，一直以兄弟相称，我最开心的样子，最绝望的样子，最疯狂的样子，最丑的样子，他都见过。唯独到了我最美的时候，他不想来了。他这次真的要离开我了。”

好像听到了顾敏的话似的，魏鹏的微信很快跳出来。他还是没有发语音，而是密密麻麻发来一大段话 ：“咱们认识这么多年，我一直把你当哥们儿，可你这哥们儿不让人省心啊，三天两头有麻烦，一眼罩不住就跑偏。记得咱们在学校那会儿，晚会上你唱歌，下面有人喝倒彩，你下台就跟人抡酒瓶子，这是女孩子的举动吗？就你这样，还去闯北京，还当老师，这不是害人害己吗？我不去看着点儿行吗？现在好啦，你总算找了个靠谱的老公嫁了，我也踏实了。婚礼这东西吧，我觉得就是个形式，你已经领结婚证啦，已经是人家老婆啦。我更在乎你以后过得好不好。要是他对你不好，告诉我，哥们儿替你出头。要是过得很好就不用秀恩爱啦，哥们儿还光棍儿一条呢。好啦，就这样吧，祝你一直幸福，祝你一直不联系我。”

顾敏使劲儿吸了吸鼻子，发语音说 ：“好歹你得送我结婚礼物吧！别的我就不要了，给我唱首歌，让我听听你的声音。”

过了好一会儿，魏鹏的语音短信发过来，声音还像从前一样低沉悦耳：“风雨的街头，招牌能够挂多久。爱过的老歌，你能记得的有几首。交过的朋友，在你生命中，知心的人有几个……”

我依稀看到多年前的那个春寒料峭的晚上，小村子里的炉火烧得很旺，酒醉的顾敏伏在魏鹏肩膀上哭泣，魏鹏轻轻拍着她的背说：“没事的，没事的，一切都会好起来。”

转头看顾敏，她已经抱着手机哭成了傻子。

别人的男朋友

研一那年，如君开始玩论坛，时不时发些评论的帖子，渐渐就引来了注意力。关注她的网友有个叫邢远的，在论坛里人气颇高。那会儿邢远正在考雅思准备出国，背单词背累了就跑到论坛上磨牙掐架。他学识渊博，社会阅历又丰富，很多人都喜欢他。

互相关注久了，发评论总能说到一起去，如君和邢远越来越默契，恨不得隔着电脑屏幕各种拥抱飞吻举杯同醉，连论坛里的人都说他们俩是天造地设的一对。但是，他们俩的革命友谊很长时间内都维持在论坛的帖子里，既没有发过站内消息，更没有留过 MSN、QQ 等私人联系方式。换句话说，他们一直都没有把这层关系转移到“私人”层面上。因为如君已经知道，邢远有女友，在英国，他考雅思就是为了去英国找她。

过了段时间，论坛里搞周年庆典活动，论坛里所有的老朋友都参与筹划，说要见面啊喝酒啊，动静挺大，大家都很期待，还专门建了 QQ 群讨论相关事宜。如君一时兴起进了那个群，一眼就看见了邢远在线。如君的心扑通扑通跳了好几下，女人的预感总是很准，她知道如果她和邢远联系上，肯定会发生点儿什么，可是，他是有女朋友的，她不想偷别人的男朋友。又可是……如君一向聪明，在那一瞬间竟然也没了主意，只是盯着邢远的 QQ 头像愣神儿。那是老款 QQ 上特别常见的一个头像，蓝色的大兔子，睁一只眼闭一只眼，带着点儿邪气。她深吸一口气，下了决定，只要他不主动加她好友，她就不去主动搭理他。可是大家七嘴八舌在群里说了几句之后，如君的 QQ 有消息传过来，邢远加她好友了。

这世界上有太多一拍即合的故事，你说是情投意合也好，你说是臭味相投也罢，反正只有当事人才知道那种感觉有多强烈。一句问候，一个笑脸，一句耳畔的叮咛，都能让人血压升高，心跳加快，幸福得快要晕过去。当时的如君就是这种感觉。跟她在论坛里一唱一和演对手戏的邢远切切实实成为她 QQ 好友里的一员，并且向她发出了视频聊天的邀请。如君清晰地预感到自己的生命里会多一个与众不同的片段。

邢远的样子跟她想象中的完全一样，典型的北方男人，短发净髯，眉浓鼻挺，笑起来带着点儿邪气，眼珠一转就像是在冒坏水。联想起他在论坛里嬉笑怒骂神采飞扬，如君就忍不住想笑。邢远的声音也好听，略微带点儿沙哑的男中音，普通话里有一点点东北口音，特别有喜剧效果，如君听了就更想笑。

话题一聊就天南海北起来，内容早就跟什么论坛活动无关。各自说说所学的专业啊爱好啊什么的，不知不觉就到了很晚。寝室里的人要睡觉，如君索性关了电脑，拿了手机去走廊里跟邢远通电话。那时候异地恋的情侣都喜欢在半夜煲电话粥，如君一直不理解有什么好聊的，既看不到人又得不到实在的拥抱，有什么意思呢？可是如君听到邢远的声音，听到他在那头儿神侃，突然就明白了这是多美好的一种交流。她在北京，他在哈尔滨，情愫却只是一线牵。如君捧着电话傻笑，另一只手划着老宿舍楼的墙壁，白灰簌簌地落下来，就像如君挡也挡不住的爱意。

这恋爱像一场高烧，一发不可收拾。网络论坛里，如君和邢远还是盖楼跟帖，不上论坛的时候就用手机发短信或者打电话。如君上课几乎不怎么听讲，连讲课的老师都已经被这对着手机傻笑的姑娘气得没了脾气。邢远那边复习英语也不得静心，他甚至算好了如君上课的时间，课间休息的时候都要打个电话过来腻歪几句。这样无可救药地坠入情网，异地恋开始得让人目眩神迷。

某个瞬间，如君会从甜蜜的旋涡中清醒过来，想到如下事实：邢远有女友，在英国；他在考雅思，准备去跟女友团聚；她此刻没有办法出国；她不愿意当小三。可是被幸福冲昏头脑的时刻总是多的，如君干脆咬牙狠心，爱怎样就怎样吧，充其量就是会丧命，还是有人会义无反顾跳下去。

终于有一天，邢远在电话里说："我去看你吧。"

如君只觉心漏跳了一拍，努力调整呼吸问："你确定吗？"

一向爽朗健谈的邢远支吾了一下："我去香港考个驾照。我现在的驾照在英国不能用，他们是右驾驶。我想……我听说香港可以考英国通用的驾照，反正现在也是闲着，干脆去考一个……顺便，看看你。"

如君说不出是难过还是高兴，她听得出邢远是在努力找理由，他也在欲望和良心中间犹疑。在以往的聊天中，如君已经获得很多有关他女友的信息：他们从小就认识，在一起已经很多年，那女孩由于工作原因去了伦敦，很希望邢远一起过去，邢远虽然没有特别明确的意愿想出国，但是觉得不能放弃与女友多年的感情。他终于下定决心出国，没想到半路遇到了如君。如君自然渴望见到邢远，但是对可能发生的一切，对冲动战胜理智可能产生的后果，她做不到全盘忽略不计。

邢远听出她语气中的不确定，试探地问："要是你不方便，我就不见你了，我从北京直接去香港。"

如君连忙说："不不不，一定要见啊，我还怕你吃了我不成！"

邢远又恢复大大咧咧的样子，在电话那头坏笑说："那可说不准，万一吃定你，说不定我就留在北京不去英国了呢！"

如君的心怦怦跳个不停，知道自己在劫难逃。

邢远是坐火车来的，比预定的时间晚了些，如君在站台上上蹿下跳生怕接错了车。事情往往是这样，你等的时候人不来，你走开一会儿人就到。她刚刚跑去其他站台找他，他的车就进了站。邢远打她手机："你在哪儿呢？"如君喘着粗气跑去约好的站台，在涌动的人群中寻找虽然陌生却好似熟悉了几个世纪的人。没错，他是个网友，可是她真觉得几辈子之前就认识他了。

如君在站台上跑来跑去，总是找不到他，急得快要掉眼泪。说好的默契呢？说好的一眼在人群中认出彼此呢？如君正抓狂，就听到身后有个瓮声瓮气的声音说："傻瓜，我在这儿呢！"如君一回头，就看到 QQ 上的"蓝兔子"在调皮地冲她眨眼睛。如君一时惊得不知说什么好，倒是邢远先开口说：“笨蛋，我一眼就看到你了，你还傻头傻脑东看西看的！”如君忍住刚才因为着急险些掉下来的眼泪，皱着鼻子说：“你才是笨蛋呢！”邢远哈哈笑说：“好，我笨。走，我带你去吃好吃的！”说着就一只手捏住如君的脖子，像拎一只小兔子，还不忘记嗔怪，“网上骂人时挺狡猾伶俐的，怎么现实中像个小孩子？”

见面的一切都和想象中一样完美。他们都爱吃麻辣火锅，都痛恨吃狗肉的人，都能就着火锅喝啤酒，千杯不醉，下酒的有聊不完的好玩的事，从杨绛、钱锺书到王小波、李银河，从中英法律体制的不同到市民社会知识分子的困境……邢远惊叹第一次遇到能够听了他上半句就知道他下半句要说什么的女孩，如君也激动她找到了传说中能够爱她的灵魂如同爱她身体一般的男人。相见恨晚，把酒言欢，还有什么比这个更让人欲罢不能的呢？

邢远原打算在北京停一下就去香港的，没想到一停就是一天、两天、三天……喝酒、聊天、上床、喝酒、聊天、上床、喝酒、聊天、上床……俩人如胶似漆，恨不得缠嵌在对方身体里。

后来如君跟我讲这段经历的时候，忍不住笑着问我：“你觉不觉得我很无耻，当个小三偷人家男朋友还这么津津有味地回味。”

我说：“这叫情致所动吧。原本不相信世界上有什么soulmate，忽然出现那么一个人，任何想法做法都跟你很合拍，能够抗拒这种诱惑的人是极少数，连我自己都无法保证。”

如君哈哈笑，说：“你就不要委婉啦！人性贪婪，谁都可能惦记上别人的东西。我知道我很无耻，可我放纵了自己的无耻。”

无耻的如君和邢远在北京厮守了近一个月，邢远直接回了东北，没去香港考驾照。如君问他为什么不去了，他说，大不了去英国再考呗，反正不着急。如君暗自想，他有没有可能是找了个理由，只是来北京看她呢？她甚至想，他有没有可能是动摇了去英国的念头，想留下来和她在一起呢？这种念头是那么强烈，好几次如君话到嘴边，都忍住了。她不是一个毫无理性可言的傻姑娘，她相信有些事情之所以美丽，是因为不去深究真相。如果他想留下来，自然会留下来。如果他想走，她挽留，就是践踏了自尊。既然最开始她就抱着“不求天长地久，但求曾经拥有”的姿态面对这场不被看好的恋爱，那么无论结局如何，她都要以咬碎牙和血吞的姿态让这场戏光彩落幕。

邢远回东北的那天，如君送他去了车站。他们在站台上拥抱了很久很久，邢远伏在她耳边说了一句："我爱你。"那是如君第一次听到这句话。虽然以前有过男友，有过恋爱，但是这是她第一次听到男人很认真地对自己说这句话。那感觉像电影里的场景，美丽得不够真实。她太感动，以至于没有回应。她不敢说出那句"我爱你"，即使她真的很爱很爱。对于一个注定要在生命中消失的人来说，绝口不提比甜言蜜语好。她只是很幸福地笑，很努力地享受那片刻的温存，即使这一别，很可能是永别。

邢远回到东北，并没有忘记如君，相反，有了北京那一个月的耳鬓厮磨，两个人的感情更深了。网络啊，电话啊，简直一刻都停不下来，简直找不到更贴切的词来形容那种黏稠的思念。

偶尔冷静下来，如君不是没有想过，也许是因为两个人都知道这份感情不会长久，所以才濒死挣扎一般拼命记住对方的好。没有承诺，就没有负担，没有以后，就努力珍惜当下。所以双方努力向彼此展示自己最好的一面。在北京的时候，碰巧赶上伦敦的女友给邢远打电话，邢远面有难色，如君会很大方地说："你接吧。"然后躲进卫生间。邢远说："对不起，这对你很不公平。”如君说：“没什么不公平的，谁让我遇到了你，而你偏偏有女朋友。放心吧，我不用你负责，我能为自己负责。”

“不用你负责，我能为自己负责。”多年之后，如君想起自己的豪迈誓言，忍不住笑出了声。女汉子的最大缺陷就是忘记自己是女人，忘记自己应该被呵护、被保护、被珍惜，那股子豪迈劲儿上来，急着像男人一样去奉献、去冒险、去奋不顾身，并因此落得个有苦难言的结局。

后来邢远又来过北京两次，没再找其他什么理由，就是单纯去看如君。如君的同学都知道她有了新男友，异地恋。关系好的知道其中隐情，关系一般的就光知道她有个外地的男友。那会儿网恋什么的还算时髦，甚至有人祝愿她修成正果。

如君的好友劝过她：“要不你就跟邢远摊牌，让他留下来。你们那么好，他会慎重考虑的。”

如君说：“他早已经慎重考虑过。”

邢远确实主动说过这件事。从他本人意愿出发，他是不愿意出国的。他专业学的是法律，累死累活才在国内拿到资格证，在律师事务所挂了律师的名。原本就要跟女友结婚的，但是女友事业发展比他有前途，去了英国，一定要他过去。他过去干吗呢？中英属于完全不同的两种法律体系，邢远除了要攻克语言关，还要重新学习专业，而且很难当上律师。

某个瞬间，如君羡慕那些为了爱情可以撒泼耍赖、大哭大闹，揪着男友衣襟让他留下不要走的女生，至少她们活得感性，能够为自己争取，把最难的决定留给男人。可惜如君偏不是这种性格，她知道邢远是太重感情的人，女友相识多年已似亲人，而且双方家长都认定了这门婚事，只等邢远出国。在这种时候，她不忍心给邢远出难题。如果他愿意留下，她会勇敢承担一切来自外界的舆论压力和道德谴责；如果他离开，她不会给他一句怨言让他多一分痛苦。世间一切都公平，无论是谁，都得为一时的贪念埋单。

邢远心里当然也清楚，去英国，他亏欠的是如君一个人和自己的爱情；不去英国，他成全自己的爱情和如君，亏欠所有人。这样的利害关系，他一个学经济法的学霸，岂能算不明白？最初的激情过去之后，如君和邢远都在冷静思考。

在这期间，邢远的雅思考砸了，伦敦的女友说："你干脆别考了，直接过来吧，我能养活你。"

我曾经跟一些男性朋友探讨过这个问题："如果有女人养你，你会不会接受？"有些人说坚决不能接受，有些人考虑了一下说可能会接受，还有些人最初说坚决不能接受，可是年纪大些之后，满地打滚求包养……竞争残酷，地球危险，若是有个免费的富贵乡可以容身，谁愿意在硝烟弥漫的战场上拼得人不人鬼不鬼呢?

当时的邢远，正是站在了这样的选择十字路口上。纵使邢远在论坛里有万夫不当之勇，到了现实生活中总会有扯脱不了的纠结。面对完全茫然未知的未来，他有他的软弱。

与此同时，他们常去的那个论坛里开始有人散布消息，说如君当了小三，跟邢远勾搭在一起，是一对“狗男女”。网上人多嘴杂，虽然早就有心理准备这种事儿瞒不了人，可是看到曾经在论坛里打嘴仗的人掐住了自己的短处，如君再怎么张牙舞爪，也无法机智回应。人家说得没错，她的确偷了别人的男友。邢远也无从辩解，往日的“神回复”再不起作用，被人咬得不耐烦就开始破口大骂，搞得管理员通过内部消息提醒他注意发言，否则删帖。

热烈缠绵甜蜜之后，两人一起酿下的苦头，已经发酵成熟。

人长大的最大坏处就是不能再为自己犯下的错误用轻描淡写的一句“我太年轻”来埋单。其实那会儿如君还算年轻，还有资格耍赖，还有资格哭着闹着吵着要一切，可是她没有。

年末，邢远的女友催他去英国一起过年，邢远把这件事告诉了如君。那是如君接的最痛苦的一个电话，但是她在电话这头努力微笑，再努力微笑，好像他看得见似的。

如君听见自己对邢远说："你去吧，去找她吧。你们在一起那么多年，不容易。现在这世界上，恋爱长跑十年已经算个奇迹，我爱这样的奇迹，不想破坏这样的奇迹。"

邢远在那边，声音有些哽咽："都是我不好，我觉得很对不起你，当时不去见你就好了。"

如君无奈地笑说："不要这样好不好啊，你一直是我的偶像，怎么可以说这种傻话！我知道你心里有她，那种感情就像亲人，已经连在一起了，断不掉。就算你放弃她留在我身边，也忘不了她。"如君说到这儿，努力挤出笑声，"要是你留在我身边，心却在她那里，我可不高兴！我宁愿你心里有个我，多年以后想起来，都是美好的回忆。我们不用担心什么买房买车的问题，不用看到彼此拉屎放屁的丑样子，这也挺好。"

邢远知道她是安慰他，更伤心，忍不住说："我走之前，我们见一面吧。"

如君一考完试就赶去东北见邢远。小时候只能在电视上看冰灯看东北大世界，如君一直盼着能够亲自去东北看看。如果身边陪着她最爱的人，一定幸福得不得了，没想到真的如愿了。看到了白雪皑皑的北国风光，看到了俄罗斯风格的中央大街，看到了到处都是冰灯冰雕的冰雪大世界，身边还有她最爱的男人——即使没几天他就要出国，去跟另外一个女人结婚。

2012 年闹世界末日的时候，很多人都在问："假如真的有世界末日，你会跟心爱的人做什么？"如君看到这样的问题只能无奈叹息，人们啊，过得太平淡了，只好靠想象来折磨自己，真正经历过"世界末日"的人才顾不上恐慌，他只会很用力很用力地过每一天。邢远飞去伦敦的日子，对如君来说，就是世界末日。她来不及伤感，只想让离别前的每一分钟都充满快乐和美满。

如君跟着邢远玩遍了城市里每一处好玩的地方，然后买好了回家的车票。快过年了，大街上到处都是喜气洋洋的气氛，邢远的父母只知道他有个朋友过来玩，还问他要不要留那个朋友在家过年，东北人的热情让如君感觉温暖。她开玩笑说："如果我想当他们的儿媳妇，他们还会不会这么欢迎我？"邢远没有笑，反问了一句："要不，我问问试试？"如君的鼻子酸了一下，摇头笑说："真恨我自己，狠不下心来当恶人。"

离开那天，如君只让邢远送她到入站口，他说要把她送上车，她死活不让。

"别送，我怕自己会忍不住。我喜欢你第一次去北京见我的样子，我在站台上蹿来蹿去找你，那么激动，那么幸福，我希望我们的感情永远定格在那时候。你给我听好了，邢远，以后在伦敦，一定要活得好好的，我不管你是当律师还是刷盘子，都不许给中国人丢脸，哪怕你当个吃软饭的小白脸也得成为业界冠军，那样我才能不后悔，好歹我也是爱上了一个有出息的人！”

邢远唯有拼命点头。

如君最后说：“好了，我数一、二、三，咱俩各自转身。我进站上车，你回家收拾行李。相濡以沫，不如相忘于江湖。从今以后，咱们别再联系，每个人都要好好的！”

如君说到做到，数了一、二、三，转身，大踏步往前走。

很多年后，很意外地，如君在另外一个网络论坛遇到了当年一个论坛里玩的朋友，就在 QQ 上聊起了从前的一些事。那个朋友说：“你还记得那个邢远吗？出国了，结婚了，已经有了小孩，挺幸福的。”如君嘴角带笑，想起当年傻傻的自己，坐上哈尔滨开往北京的列车，手里捏着票根趴在桌子上哭得像个傻子，开车的时候才抬起头来，隔着车窗看到站台上站着的邢远，满脸泪痕傻傻地冲她挥手。那个人越来越远，终究消失不见……如君看看电脑旁边丈夫和儿子的照片，想到，终于有这一天，所有失声痛哭都化作含泪微笑，别人的男朋友已经成为她生命中最温暖的一个印记。她在心里默念："邢远，请你一定要幸福下去。"

回得去的是感觉，回不去的是初恋

自从有好事者建了高中同学的微信群，林斐然的心里就没踏实过，三天两头点开成员名单看周黎明有没有进群。想当初那兔崽子上蹿下跳是年级里最活跃的主儿，建群这种事他迟迟不露面实在不科学。可是物是人非，谁说得准呢？一切都在变。她有近十年没见过周黎明，他经历了什么，他在哪个城市工作，有没有娶妻生子，她一概不知。这小小的一个群，用文字聊天，偶尔发张照片，夹带各种动画表情，能代表什么呢？话虽如此，看到年级里有两百多号人都在群里聊些沧海桑田，林斐然想见周黎明的情绪还是日益膨胀。直到她快要绝望的时候，突然看到通信录那里出现了一个带红圈的“1”——有人加她好友。直觉从来不说谎，她深吸一口气点开一看，留言写着：“大美妞，给爷笑一个。”头像是个花痴状的蜡笔小新。林斐然把刚才那口气长长地呼出来，点了“同意”，回了一句：“死性不改，臭傻 × 。”

林斐然和周黎明是高二文理分班后才成为同学的，但高一时周黎明的名号已经在学校广为流传。他嘴贫人贱，就喜欢追求漂亮的姑娘，据说他的英语老师是个大美女，她过生日的时候他还送了一个大洋娃娃外加一封情书给她。除此之外，他还颇有才情，学校每次举办文艺演出，他总能写出有趣的剧本给大家编导舞台剧。他才不屑改编名著什么的，虽然世界名著他早已了然于心。但是周黎明有一个缺陷，长得不帅，甚至可以说丑。体胖，眼小，鼻塌，还学电影里的古惑仔留长发，从遮着半张脸的头发缝隙里看人。林斐然觉得这个像洪金宝的家伙“略猥琐”，所以，高二开学后她发现自己跟大名鼎鼎的周黎明坐前后桌的时候，没有半点儿兴奋。

林斐然心情不好的另一个原因是，她的鼻中隔出了些问题，做了个矫正手术。术后有些发炎，她得戴个口罩。那时刚刚开学，九月份，天还热，还要认识新同学，她觉得自己真没法见人，恨不得在大口罩外面再加副大墨镜，彻底躲起来与世隔绝。可偏偏怕什么来什么，林斐然把头埋在书堆里，后面的周黎明还是骚扰她："大美妞，摘下你的口罩吧！"

林斐然不理他，他就踹她椅子下面的横梁。"装什么乖宝宝嘛，我认识你，高一（10）班的啦啦队主力，球场上蹦得可欢了，怎么进了文科班就蔫儿了？"

林斐然忍无可忍，猛回头怒目而视，一双眼睛燃烧出熊熊烈火："你有完没完，信不信本姑娘把你小眼睛挖出来当泡儿踩！"

周黎明笑得脸上的肉都在颤："要，便拿去，踩响些！"

林斐然腾地站起身，一把扯下口罩，冲他吼："我怕脏了鞋底！"

周黎明双手捂脸做出天真无辜的表情："脏了我给你买新的呀！"

林斐然把手里的口罩狠狠砸过去："你怎么这么讨厌呀！"

"美女说讨厌，就是让我再讨厌一点儿！"周黎明双手捧着口罩高过头顶，递到林斐然的面前，"小生倾慕林老师才华已久，您给校广播站写的稿子我每一篇都认真倾听。今日有幸与林老师成为同学，还比邻而坐，激动万分不知所云，还望见谅。"

林斐然被他这一出接着一出的痞子戏彻底磨没了脾气，原本就呼吸困难的鼻子只顾喘粗气。周黎明又张嘴，嗓音尖尖学青衣唱腔：“想笑就笑一个吧，当心气血攻心，憋坏了身子。”

林斐然终于没忍住，笑出了一个鼻涕泡。

那是林斐然第一次遭遇臭流氓，方寸大乱，无计可施。后来想想，也许她从一开始就缴械投降，故意给他留了空当。批评男人油嘴滑舌的女人不过是因妒生恨，没有谁会真的厌恶男人主动来讨自己欢心。

周黎明给林斐然发微信说：“在哪儿呢？”林斐然说：“北京。”周黎明说：“我也在，见个面？”林斐然说：“为什么要见面？”周黎明说：“我知道你想见我。”林斐然捏着手机笑：“臭不要脸！”

林斐然先到了约定的火锅店，坐在位子上焦躁不安。十年，像一道鸿沟横在两人中间，可微信上胡扯几句，竟也没有半点儿生分。他曾说过：“林斐然，其实我们是太相像的人，因这份相像互相吸引，却也注定为这份相像彼此厌烦怨恨，最终分离。”彼时她不信，现在她确信不疑。那个夏天的恋情热情又美好，甜蜜得似冰激凌融化粘住五指，却也注定风吹浪打，只剩下一份虚空。

林斐然回忆得太专注，以至于周黎明站到她对面时她的反应慢了半拍。这个狂野的胖子是谁？脸圆、肚圆、眼小、鼻塌、胡子拉碴，还剃了光头。那件 Jeep 的 T 恤还能更大更长些吗？那其实是条裙子吧。脖子上的一百单八颗菩提珠子倒像是好货色，可左手大拇指戴个翡翠扳指儿会不会太装 × 了些……好半天，林斐然才双手掩面哀号一声："说好的'没有我的日子里你要更加珍惜自己'呢？"

周黎明一脸无所谓的表情："没有你的岁月里我在保重我自己呀。可没想到一保就超重了，我这几天正是来北京做手术的。"

"什么手术？"林斐然紧张得心里在打鼓，心想：死胖子，你要是得了癌症什么的，我就留在身边给你送终。可周黎明只是大大咧咧一笑，说："吸脂手术呀，减肥变帅哥呀！"

林斐然松口气，果然贱人不用宠，他懂得宠自己。

"你结婚了吗？"上菜的空儿，周黎明发问。

林斐然看向别处，不答。

"不是吧，你真的为了我终身不嫁？"

"你想得美，我早结婚了！"林斐然白他一眼，"你呢？"

没有，没有，没有。她盼着那个否定的答案出现，她做不成他的新娘也不希望别的女人取代她。快说没有。

可他偏说："嗯，也结了，五年多了。"

呵呵，真长情呢。五年，那就是说大学毕业之后没多久就结婚了。他那么花心，人不风流枉少年的主儿，居然年纪轻轻就许下终身，稀罕。

"介绍介绍你老公吧，你爸满意不？"周黎明摩挲着手里的翡翠扳指儿，语气充满挑衅的意味。

"你还真记仇。"

"那当然，睚眦必报。"

高三那年，学校外面盖了一栋公寓，专门出租给高三学生，方便学生晚上开夜车复习功课。林斐然和周黎明都在公寓里租了房子，说是方便复习，事实上，是方便了约会。十七八岁的年纪，哪有那么强大的自觉性，没完没了的复习题跟恋人的呢喃细语比起来，毫无吸引力。偏偏那时的林斐然迷上了民国范儿，每天脑袋里想的不是张学良、赵一荻就是金岳霖、林徽因，或者是陆小曼、徐志摩，而这些恰恰是周黎明的强项，张口就来的民国名人典故让林斐然成为周黎明的脑残粉儿。流氓真的不能有文化，会让小姑娘自动臣服到他脚下。两个人整天腻在一起，不是诗词歌赋就是看雪看月亮，再加上动不动就来一场的狮子座流星雨，青春的爱恋根本不需要渲染，天边的彩霞都能点烟。

然而他俩的高调引发了“当局”的注意，班主任绝不心慈手软。当时正值高三下半学期刚刚开学，学校里每天放嘹亮的军歌，食堂为高三学生开小灶，教室后黑板挂了倒计时，“高考就是一切”的氛围笼罩着每一个人。周黎明和林斐然都没掉队，但他们触犯了最敏感的规则，班主任决定放大招——找家长。

林斐然的爸爸听说女儿在出租公寓里跟一个成绩不怎么样但是绯闻缠身的男生“形迹可疑”，顿时火冒三丈。他是警察，戎装在身，不怒自威。他阴沉着脸听完班主任的汇报，然后直接去了学生公寓。那会儿正好中午放学，学生都在路上，林斐然的爸爸站在学生公寓门口一个个问：“谁是周黎明？谁是周黎明？给我出来！”

周黎明拎着饭盒甩着他的古惑仔头发正跟林斐然一起有说有笑往回走，见到这阵势顿时有点儿蒙。林斐然心想平时老爸办案那么忙，想见都见不到，今天怎么开门送惊喜。她还想飞奔上前呢，她爸却先一步蹿上来，一把揪住周黎明：“小子，知道我是谁吗？连我家闺女你都敢碰，你还想不想考大学了？”

周黎明这才明白岳父大人驾到，赶紧理了理自己的发型，笑呵呵说：“叔叔好！”

“好什么好啊，好什么好？”林爸爸怒不可遏，“你看看你这头发，是个正经学生的样子吗？”

周黎明赔笑：“叔叔，这是这两年最流行的发型，很多学生都这样。”

“少跟我嬉皮笑脸！”林斐然的爸爸这个时候可完全没有开玩笑的心思，“我告诉你，离我家姑娘远点儿，什么都好说。要是再死缠烂打，别怪我不客气。”

周黎明还是赔笑：“叔叔，看您说的，好像我真是小流氓似的。我跟林斐然清清白白，你情我愿，怎么能说是死缠烂打呢？您刚才也看到了，她笑得多开心，有我这样的男朋友她的高三生活才不枯燥。”

林斐然的爸爸被戳到痛点，他万万不能允许女儿的高三跟这样一个油腔滑调的家伙搅在一起。周围已经有很多学生围观，他嗓门再次提高：“臭小子，你记着，今天我把话放这儿，我这闺女就算一辈子不谈恋爱，一辈子不嫁人，也不能跟你这种渣滓在一起。你要是有脸，就滚远点儿，好好读你的书，考你的大学。你要是还不长脸往前凑，我就替你爸管管你！”

如果之前林爸爸发火周黎明还能嬉皮笑脸应对一下的话，最后这一句话真真戳了周黎明的要害。周黎明最爱他爸，最尊重他爸。在所有人都为应试教育奔忙的时候，他爸爸是最支持素质教育的。周黎明从来没有被强迫上过什么兴趣班、补习班，家里天文、地理、文学、历史、哲学等各种课外书他随意看，各种优秀电影 VCD、录像带无论多难弄到手，他爸爸都会全力以赴帮他买到。数学、英语考试不及格也从不担心，作文大赛得了奖，爷俩会喝啤酒庆祝。周黎明考上重点高中那天，他爸奖励了他一把吉他，说这是泡妞利器，儿子你得学起来。在周黎明的心目中，爸爸是英雄，是先知。但是他上高一没多久，他爸爸在一次车祸中去世了。

林爸爸并不知情，一句话戳痛了周黎明的心。他脸上再没笑容，单手把头发往后一理，开口掷地有声："谢谢你的好意，你的话我记下了。今天当着这些同学的面，我保证，以后离林斐然远远的。不是因为我怕你，是因为我不允许自己对一个浑蛋讲礼貌。林斐然是我的宝贝，但是为了尊严，这个宝贝我可以不要。"说完甩甩头发进了公寓，再没看林斐然一眼。

林斐然低估了周黎明的决绝。她先是跟她爸讲明了原委，但是她爸嘴硬，坚决不肯认错。她替爸爸去跟周黎明道歉，却被周黎明强硬地拒绝："林斐然，我不接受道歉，我不能让我爸跟我一起被羞辱。以后我们还是同学，还是朋友，但是恋爱的事不再可能。"

林斐然开始哭，骂他不讲理，拿她爸爸的错误惩罚她。周黎明回应："如果他以平等的姿态来跟我对话，我能接受。但是他把我当垃圾扫地出门，我绝不能接受。对你我是认真的，我甚至憧憬过我们在一起生活。但是有你爸在，我们的生活不会幸福的。"

第二天，周黎明就搬离了公寓回到学校的学生宿舍，他还自动申请调换位置，坐得离林斐然很远很远。

高考他们考得都不好。林斐然进了一所二本学校的文学系，周黎明先是落榜，后来依照志愿被调剂到一个三本学校。一个南一个北，故意赌气，刻意远离对方。但终究是林斐然气短，没忍住，打听到周黎明的地址，开始给他写信。

林斐然给周黎明写过很多封信，承载她挽回这段感情的决心，但他都不回应。后来终于回了一封信，没有一个字，只有一张照片。那是他和新女友的合照，那女孩妩媚妖娆，是学校模特队的队员。同学在校友录 BBS 上看到周黎明秀恩爱，截图给林斐然看。不久，林斐然休学，申请去德国读书。

火锅已经煮得热气腾腾，林斐然大口吃羊肉，看到周黎明只喝矿泉水，问他怎么不吃。

"太油腻，手术前不敢吃。"

林斐然嗔怪：“怎么不早说啊，我们去功德林吃素斋。”

周黎明笑说：“记得你爱吃火锅，以前学校外面的破火锅店挣了咱们多少钱啊，下了晚自习就溜过去吃消夜。”

林斐然用纸巾擦了擦眼睛：“这辣椒油可真够劲儿。”

“老公对你怎么样？听人说你去德国了，还以为你不回来了。”

“是想去的，但是连着三次被拒签，完全没了信心，就放弃了，一直在国内。”

周黎明扬了扬眉毛：“藏得挺好啊，都没人知道你的消息。”

“你打听过我？”

“没。”周黎明诡笑，“结婚想给你发喜帖来着，想着老情人出手必定大方，红包可以装得很丰满。”

林斐然拿饮料泼他：“红包里再加张字条，写着‘恭喜恭喜，早结早离’。”

“说着了，”周黎明抬手摸摸自己的光头，“真离了。”

林斐然不知道他又冒什么坏水，打趣说：“活该，你这种倔驴被甩八百次也活该。”

周黎明笑：“可能吧。她也这么说我，不务正业，不求上进，得过且过，生活没规划，又不听别人劝。她说我这种吊儿郎当的人只适合当情人，不适合当老公。她想要的生活是豪华游艇，但我就是个过山车。”说完用下巴点点林斐然，“你怎么样？看你微信朋友圈没晒娃呀，怎么着，已婚身份，未婚心态？”

林斐然扑哧一笑：“其实我也离了。我比你惨，婚礼当天闹翻了。我让他准备新郎发言稿，他完全没放在心上，一句话都没写。我说他没责任感，他说我形式主义烂矫情。然后吵架，平时的积怨都发泄出来了。他说我有公主病，成天就想着风花雪月不接地气儿。他还说我贪图他家有钱，让我把他妈妈送的翡翠手镯还回去。”

“狗东西，这话也说得出口。你真还了？”

“还了呀，婚礼上我就还了，然后穿着婚纱离开了，拿了瓶香槟在出租车上一边喝一边哭，哭到家我就想通了，这压根儿就是个错误，在错误的方向上停下来就是对的！”

“那你当初怎么想的，不合适的人你怎么同意嫁的？”

“还不是因为你！”林斐然脱口而出，说到一半有些犹豫，然后又想事到如今也没什么必要藏着掖着，直接挑明，“那会儿有人跟我说你快结婚了，我挺生气，刚巧有人追我，我就同意了。我就是不服气凭什么总是你辜负我。”

“我辜负你？”周黎明哼了一声，“要不是你爸那么浑蛋给我捣乱，我至于背井离乡去西北那么一个破学校待四年？”

“他知错了，也道歉了，你还想让一个做长辈的怎样？再浑蛋的爸爸也是爸爸！”

“这句话出自徐静蕾的电影《我和爸爸》，引用请注明出处。”

林斐然一下子被他气乐：“死开！你别转移话题！”

周黎明也笑：“知道你过得不好，我就开心了。”

林斐然已经不记得多久没这么愉快地吃饭了，虽然总是被他虐，但是这种受虐的感觉竟然超好。她完全不想掩饰自己这份贱贱的企图心。聊天也是要棋逢对手，势均力敌，能够在同一个频道上插科打诨是一件太有意思的事。她记得高三那会儿，语文课特枯燥，成天就是背知识手册或者做题找错别字和用错的成语，她懒得听课，在课桌抽屉里偷偷翻王朔的小说。她被京片子逗得合不拢嘴，笑得太忘情，不小心被语文老师抓了个正着。语文老师毫不留情地没收了那本小说，她沮丧得要命，说要去语文老师那儿哭一场把书讨回来。周黎明说：“乖，不哭，我有办法。”说着就掀开自己的桌布，林斐然看进去，满满当当一抽屉，都是王朔。

“王朔老啦，我们也老啦。”林斐然拍拍鼓起的胃，黯然神伤。

“你不老，你还是那么能吃。”

要不是他块头太大，林斐然真想杀了他然后分尸。

结完账出了火锅店，周黎明要打车回医院，林斐然说开车送他。坐进小 Polo 里，音乐随机播放，是他们共同喜欢的许巍。窗外是黑漆漆的夜和点缀夜色的灯火和广告灯箱，密闭的小空间里竟给人一种相依为命的感觉。谁都没再说话，只有许巍拖着百年不变的调子唱：“这是初次的感觉，好像天空般晴朗……”

医院不远，很快就在眼前。周黎明说：“感谢林司机亲自开车，我到了。以后常联系。”说着转身要下车。林斐然突然就有种冲动，一把抓住他的衣服说：“周黎明，我们去开房吧。”

大家都是过来人，这么寻常的一句话，一出口竟然红了眼眶。这是为什么，她自己也说不清。她只知道曾经的那些排山倒海的想念，还有那些不曾圆满的遗憾，都将她推到一个逼仄的角落，强迫她把这句话说出来。要真切地靠近他，完完整整地得到他，才算不辜负这十年来心里被时间侵蚀而成的巨大空洞。然后她看到，周黎明的眼圈也红了，车里灯光昏暗，却看得一清二楚。

周黎明深吸了一口气：“下次吧，等我减了肥变成帅哥，抱着肉山可不是一种美好的体验。”

林斐然扑哧一笑，把眼泪憋回去。虽然是委婉的拒绝，也很尴尬呀：“死样，逗你呢。你现在不看书了吧，书里的典故都听不出来。”

“啥典故？”

“畅销书里写的，说中学时候的恋人，很多年不见面，后来终于见了，去开房。完事儿了那男的还去厕所拉屎，女的听到屎掉进马桶里‘咚’的一声，把一辈子最美好的记忆都炸没了。”

周黎明少见地哈哈大笑：“你真堕落了，这是什么鬼畅销书！”

林斐然也笑：“就当个笑话吧。看你笑得，眼睛全没了，跟眼角皱纹连成一道缝。等你抽脂抽完了，顺便开个眼角割个双眼皮吧。”

周黎明收敛笑容：“我的事儿还没跟你说完呢。不能跟你去开房，还有一个原因，我已经复婚了，半年前复的。她怀孕了，我要当爸爸了。”

“哦。”林斐然很好地掩饰了自己的惊讶和失望，尽量笑得大方得体，“臭小子，写小说呢你，还带设悬念的，一个坑接着一个坑。这要当爹的人是不一样了啊，嘴还是贱，但是做事稳妥多了。”

“那当然，再浑蛋的爸爸也是爸爸呀！”

“你一定是个好爸爸。”这句话是真心的。

林斐然知道不能再继续聊了，再多说，只会更不舍。不如就这样在最好的时刻说再见。前一分钟她还觉得一定要跟初恋情人上一次床才算圆满，此刻她才醒悟，世事沧桑，你侬我侬的俩人彻底分开，拥有各自独立的生活，那才算圆满。后天，她也将随男友双双飞去德国，不知道哪天再回来。在这样的时刻说再见，真是最美好的结局。

看着林斐然的车走远，周黎明点了支烟，拦了辆出租车，直奔肿瘤医院。他的故事还没讲完，其实他不是去抽脂，而是去开刀。他的胃部长了一个恶性肿瘤，但因为发现得早，尽快手术的话风险不大。一贯以玩世不恭的姿态游戏人间的周黎明，第一次这样严肃而谨慎地憧憬未来的人生。希望切掉肿瘤之后还有几年可以活；希望可以平安看到孩子长大，要是男孩就教他泡妞，要是女孩就教她防狼术；希望可以看到林斐然穿婚纱幸福嫁掉的样子；希望他们都可以平安活到天命之年，然后变成头发花白的老头老太太，坐着摇椅，聊聊他们人生最美好时节里的恋慕和怅然……总之，有希望，是件好事。

我讨厌你这种人，却喜欢你

急促的敲门声在大半夜响起，我正睡得迷迷糊糊。随手抄起门后的棒球棍，在猫眼里看了一眼确定是熟人，才放心地开了门。

“李明朗你疯了，电话也不打一个，大半夜的这么急，真要吓死人！”

我的抱怨声还没落，李明朗已经坐在沙发上抹眼泪，嘴里嘟囔着：“这个浑蛋竟然要跟我离婚！这浑蛋竟然要跟我离婚！离！谁怕谁！谁不离谁是孙子！”

我小心翼翼把棒球棍藏起来，以防过会儿她老公找来的时候会发生大规模流血冲突。他俩死伤不要紧，我的家具打坏了还得花钱买新的。

李明朗和她老公陈锐是大学同学，大一入校之后在迎新晚会上分别担任男女主持，台上搭档默契十足，下了台就成了一对恋人。都说大学校园里的恋爱无非是吃喝玩乐逛街看电影，他们俩可不是，他们颇有一种“他劳动，我生产”的模范夫妻劲头。图书馆互相留位置，不到关门前最后一分钟绝不提前离开；学生社团的各项活动积极参与，并且在大多数活动里负责牵头；陈锐第一年就入了党，李明朗到了第二年就成了学生会主席——有史以来第一位女主席。那时候我们常打趣：他们是翻版的克林顿和希拉里。

但是有人纠正了，陈锐可不像克林顿那么花心。还真是，在师范学校，男女生比例严重失调，像陈锐那样学习成绩好品貌端庄又德智体美劳全面发展的校草级人物，可供选择的机会太多了。相对地，李明朗在女生堆里不那么出众，个子偏矮，但又不是卡哇伊的萝莉风；长发扎成简单的马尾，连个蝴蝶结都没有戴过。说是女汉子吧，又太娇小了些，笑起来的时候近视眼稍稍眯起来，一副“我不与人争”的样子。后来我们分析，也许正是这副“中庸”的品相赢得了学院里老师们的青睐，都愿意对她委以重任。

俩人相恋四年平安无事，到了大四时，第一次出现岔路。陈锐得到保送的机会去上海名牌大学读研究生，而李明朗也有保送机会，但是是留在本校。陈锐说："你放弃保送考一次吧，以你的水平，自己考也能考到上海，我们还能在一起。"

"我不是没想过，不过，留下来，对我比较有利。"李明朗告诉陈锐，如果她继续留在学校读研究生，凭借本科四年跟老师们建立的良好关系，她可以在学院里谋个兼职，并且顺利得到读博士的机会，"更重要的是，硕士毕业之后留在学校做辅导员是我一直想要的，眼看着机会就快到手了，我不想白白放弃。更何况，你读完硕士还是要回来的，我在这边儿先安顿好，对咱们更有利，不是吗？"

"那你的意思，我们三年异地恋？"陈锐问。

"你有没有信心？"李明朗反问。

"当然有。"虽是肯定句，语气却不那么坚定。

异地恋的初期并不觉得太辛苦。陈锐去了完全陌生的城市和学校，满心都是兴奋和憧憬，不断给李明朗汇报各种动态。QQ 聊天还不够，还要写邮件、发照片，肉麻起来还要写手写的信，连同一些当地的特产一起寄过来。李明朗留在了原来的学校，虽然环境和老师都是熟悉的，但是有了新同学、新课程、新活动，生活也算多姿多彩。他们都是活跃的人物，各自都有充实的生活，觉得异地恋并没有他们想象的那么可怕。

到了研一下学期，陈锐的日子不那么太平了。他开始向李明朗诉苦：“这边的人可真欺生，我听不懂上海话，连打工的机会都少很多。”

“那你就别打工，好好读书，缺钱花的话我寄给你。”

那时候李明朗在学校里有一份兼职，在学院办公室做些行政工作，有时也帮本科生监考、改改卷子什么的。虽说工资不太高，但是满足学生消费还是够用的。

“你离家远，在外面别委屈自己。上海消费高，你别因为怕花钱就跟同学处不好关系。”她像个小妈妈，对陈锐照顾得无微不至。

后来陈锐终于找到一份家教工作，给一个当地的小孩教外语。精明的上海父母以陈锐不是英语专业为由，把课时费压到了最低标准。李明朗就在电话里骂陈锐：“你笨呀，他们既然同意你教，就是认可你的英语水平。凭什么非英语专业的学生就得降低工资标准？那他们为什么不去请英语专业的老师？你是不是通过中介找的？你去跟中介谈！”骂完又心疼，“既然已经答应人家了，就好好教吧。效果好的话，过段时间再跟家长要求涨工资，也不是不可以。”

“好想你。”陈锐在 QQ 上发来一个委屈的表情。

“笨蛋，暑假就能见面了呀。”李明朗发过去一个摸头的表情。

可是到了暑假，陈锐说："那个学生家长给我涨工资啦，可是他们要求我暑假里也去给孩子上课，每天两个小时。我算了算，不少钱呢，我暑假就不回去了。你要是有空，来上海玩吧！"

李明朗算了算，去上海来回的路费不少，就算过去可以蹭学生寝室住省下住宿费，也还是免不了各种吃喝玩乐应酬的钱。他们现在手头不算富裕，既然陈锐暑假留下的目的是挣钱，那她又何必过去增添一些无谓的开支呢。反正他在上海还要待两年，她有的是机会去。打定主意，李明朗就说："那既然这样的话，我也留在学校打工好了，暑假里很多小孩都要补习，找份工资高的差事并不难。"

武汉的夏天热，热得连蚊子都没有，室友都回家了，李明朗一个人在地板上铺了凉席睡觉，头顶和脚下各放一个电扇吹着，还是热得睡不着觉。

睡不着觉的时候，她发消息给陈锐："你在干吗？"

"我热得睡不着，想你。"陈锐说，上海的夏天又热又潮湿，比武汉更甚。他自梅雨时节开始就不适应环境，宿舍里潮湿发霉，他的皮肤也过敏，小腿上长了很多红红的小疙瘩，痒得钻心。医生开的药膏他试了，可是不能根治，时不时就犯病。宿舍里其他人都走了，只有他一个人在，接一大桶凉水，把小腿泡在水里稍微好些，可是用不了一会儿水就不凉了，腿还是奇痒难耐，他把皮都要挠破了。

李明朗就更睡不着了，心想怎么找了这么一个笨蛋男友，能够去名牌大学读研究生却照顾不好自己的饮食起居，处处让人劳神揪心。她起来到网上查网页，找到各种治湿疹的药膏，买下来，打包给陈锐寄过去，心里祈祷这些小盒子中的某一个能够帮那个笨蛋熬过夏天。

暑假快结束的时候，陈锐打来电话，带着哭腔。他说："我遇到流氓了。这学生家长，真的是流氓。他们说我教孩子没有效果，不给我钱。"

"什么？不给你钱？"李明朗顿时就怒了。

"嗯，他们说暑假的课时费就不单独付了，到暑假结束的时候一起付。我想着一次拿一大笔钱也好，就同意了。"

"你白痴啊！至少也要一周付一次呀！你就白白给人上课，上了一个多月？你是傻子吗？"

"我没想到他们能赖账啊！"陈锐委屈得像个小孩子。

"这个亏绝对不能吃。你告诉那两个浑蛋家长，要是他们不付费，你就去告他们。"李明朗气得浑身都在抖，恨不得下一秒钟就冲到上海去帮陈锐打官司。

后来几经周转，钱终于要了回来，陈锐在电话里对李明朗说："我觉得我好没用啊，出了校门什么都不懂。"李明朗轻抚额头，只是叹气："傻瓜，你的书都读到盲肠里了。我真是老妈子命，隔着十万八千里也得给你操心。"

研究生读到第三年，陈锐说要去北京读博士，要李明朗陪他一起去。那时李明朗已经放弃了读博的打算，想参加工作。她的工作虽然没有敲定，但也八九不离十，她能留校做辅导员。而且，更诱人的是，同校的一位高富帅师兄对李明朗展开了强烈的追求攻势，师兄说得清楚明白："明朗，你聪明能干，又善良，你值得享受更好的生活。"

"享受更好的生活。"这不是一句动人的话，却是一句实在的话。自从升入研三，大大小小的招聘会李明朗没少参加。她见多了同学们挤破脑袋投简历的样子。人不能在一棵树上吊死，她留校的事情并没有最后落实，她必须做多手准备，所以也要投简历、应聘、接受各种筛选。工作如此，感情何尝不是如此？相恋六年，朝夕相处的时候并不觉得陈锐孩子气，异地恋的两年她才发现，陈锐对她的依赖就像一个巨婴。他曾肉麻地说："你是我的氧气。"这不是情话，是事实，因为出门在外好多事情陈锐不知道要如何处理，都要征求李明朗的意见。若是换作师兄，那情况就不一样了。师兄博士毕业在即，即将留在研究所做助教，学术前景一片大好。而且师兄原本就是书香门第出身，父母都在高校任职，知书达理，地位举足轻重，对孩子的事业、感情都能够给出中肯又温和的建议。本科的时候就有很多女生垂涎师兄的钻石王老五地位，只不过那时风传他会出国，没人去追求他，他反倒落了单。没想到瘦瘦小小的李明朗得到师兄的青睐，说完全不动心，那是骗人的。

李明朗回复陈锐说："去不去北京，你容我再想想。"

"你是不是有别的想法？"陈锐抱着电话追问。

"难道我不可以有别的想法吗？你为什么在决定读博士之后才告知我，而不是征求我的意见之后再做决定？你想让我随你去上海，又想让我随你去北京，你问过我想去哪里吗？"

"你别生气，"陈锐怕了，"你不许生气！都是我不好，我马上回去见你！"

这是陈锐最有男子气概的一次，他听出李明朗话锋不对，连夜买了机票飞回来团聚。李明朗特别开心。她真是好哄，一次及时的"探亲"都能让她兴高采烈好半天，之前的不愉快全部丢到脑后，两个人跑去小吃街胡吃海喝一顿，就像刚刚坠入爱河的小恋人。

这一吃不打紧，李明朗晚上上吐下泻，连夜进了医院。

医生说要先化验，小便大便都要验。李明朗蹲在医院的厕所里，哭笑不得。多难得的一次相聚呀，竟然弄得这么苦逼。异地恋的人最怕生病，心爱的人只能通过电话安慰，再痛苦也得不到一个温暖的拥抱。有时候假期的时候相聚，李明朗甚至变态地希望自己病一场，感受一下病榻前有人端汤倒水的幸福。这下好了，如愿了，可为什么偏偏是肠胃生病呀！

取了大便，李明朗不好意思进诊室，让陈锐进去。陈锐也觉得囧，这辈子还没伺候过病人。但是看到李明朗蜡黄的一张脸，豁出去，有什么大不了，捧着大便就进了诊室。然后，李明朗坐在走廊的椅子上，就听到医生歇斯底里的声音："样本！样本知道吗？一点儿就够了！谁让你拉这么多屎！"然后就看到一米八三的大个子陈锐捧着多余的屎，委屈地走出诊室。那一刻，李明朗实在忍不住"哈哈哈哈"地笑出来。"你还笑！"陈锐囧得无地自容，却也忍不住，跟着李明朗一起笑成疯子。

这段笑话在我们同学中间流传了很久，我甚至曾经把它写进小说，因为那画面"脑补"起来太滑稽了。李明朗说："如果没有这件事，我可能不会嫁给陈锐。那天之后我就一直想，结婚不就是这样嘛，可以把自己最尴尬的一面展现给对方而不觉得尴尬。像陈锐那么没用的人都可以为我做这种事，说明他心里真的有我。”

陈锐留在武汉陪了李明朗一星期，直到她痊愈。之后李明朗就做出了决定，随陈锐去北京，他读博士，她找工作，像传说中的“北漂”一样，为了爱情，在新的城市做出新一轮付出并谋求收获。

“你说说这几年，我像个老妈子一样鞍前马后地伺候他，结果却喂出一个白眼狼！”李明朗愤愤不平，一口气喝掉半罐可乐。

嗯，如果给李明朗颁个“优秀媳妇奖”，半罐可乐实在太少了。陈锐读博士的道路是平坦顺滑的，李明朗的求职之路则不尽然。大批北京的毕业生都找不到理想的工作，她从武汉往北京投简历，难度可想而知。一次次石沉大海，一次次希望落空。她甚至还差一点儿被骗进传销组织，幸好她脑袋灵光及时中止了那次求职。后来几经周折，她才进了一家知名的培训机构做行政工作，起初工资并不高，还要负担房租。对于她这个地道的南方妹子来说，适应北京的气候和饮食也是一大难题。“想想刚来北京那些日子，简直是梦魇。”她常这么说。

好在，日子不管多苦，都有好转的那一天。李明朗凭借多年在院系做学生干部打下的底子，很快在职场站稳了脚跟，工作待遇有所改善。陈锐也很快适应了读博的节奏，两个人开始筹划结婚。房子暂时还买不起，学校外面租来的旧公寓就成了洞房。第二年，他们的儿子出生，我和几位同学去喝满月酒，李明朗笑说："陈博士还是个孩子，却已经当了爸爸。"

那时我们环顾那个小小的家，才发觉李明朗有多了不起。简陋的一居室布置得整洁温馨，陈锐说，有几天他赶着要参加一个重要的学术研讨会，一直跟导师泡在资料室里，困了就在博士宿舍凑合睡一觉。几天后回家，发现李明朗自己买了墙漆，动手把脏脏的墙面涂成了苹果绿。她个子矮，爬着梯子一下下刷墙，刷了一遍已经累得直不起腰，平躺在地板上休息，等晾干，然后刷第二遍。陈锐责备她干吗不找工人来刷墙，李明朗只笑着说："太贵，钱都存起来，以后买属于咱自己的房子！"

儿子出生的第二年，刚刚会叫爸爸妈妈，陈锐要去香港中文大学，做一年交换生。跟前两次一样，他要离开她，走自己想走的路。这次他长大了些，懂得说一句："你要受累了。你要是觉得不行，我就不去了。"

"好啊，你别去了，我不想一个人带孩子，太苦了。"李明朗果断回答。

“啊？真的啊……”

“嗯，真的，你别去了。”

“那，好吧……”陈锐几乎带了哭腔。

李明朗无奈地笑出来：“看你那死样，你知道我心软，故意的。”

陈锐高兴地抱起李明朗在原地转圈。

一年之后，陈锐从香港回来，儿子已经不认识爸爸了。看到陌生的脸吓得哇哇哭，李明朗哄了好久才哄好，然后对陈锐说：“你看到了，不是我不让你去，是怕这样对孩子不好。启蒙阶段父母对孩子的影响最关键，这个时候你缺席，他以后会跟你不亲的！”陈锐鼻子发酸，都快博士毕业的人了，连句感激的话都不知道怎么说。

后面的几年，陈锐留校，出国做访问学者，没少折腾。我曾经跟他开玩笑，他陪老婆孩子的时间还没我多，陈锐只知道傻笑。他最大的贡献是终于让李明朗住上了大房子，宽敞明亮的两居室，在北京城里很不错的位置，小区里有大片的绿化带，适合小孩子游戏奔跑。他说他知道这些年来自己一直在对李明朗索取、索取、索取，他这个巨婴当得实在有些无耻。儿子已经会戳着他的脑门儿说："爸爸，你要对妈妈好。"

苦尽甘来，不知道这三更半夜的，李明朗吵着"离婚"是在演哪一出。

"他说，我要是不听他的，他就跟我离婚！"李明朗咕咚咕咚喝下剩余的半罐可乐。

"这个兔崽子反了天了，竟然敢提离婚！"我也要炸毛。

正在这时候，门被敲响，陈锐来了。

"陈锐，你到底发什么神经，把李明朗气成这样？"我义愤填膺。

"我没说什么呀，我完全是为了她好！"

"都说要离婚了，还为她好？你个陈世美，你忘恩负义！"我简直想拿棒球棍砸他。

"我说让她把工作辞了，在家做全职太太，每天送孩子上学，干干家务就行了。她一直喜欢写写画画、养花种草什么的。以前没时间做，现在孩子大了，家里也不是太缺钱，我想让她做点儿喜欢的事。可她偏不，非说什么怕失去经济基础就失去家庭地位，这不是胡说八道吗？"陈锐振振有词。

"你胡扯。最关键的你没说，离婚是怎么回事？"我质问他。

"那不是说走嘴了嘛！我特别希望她辞职，她非说不辞。

我是为她好，她偏不领情，我一着急就说错话了。我道歉了呀，她还是生气，还跑你家来了，哎！”陈锐说着就往李明朗跟前凑：“老婆大人，回家吧，我错了还不行吗？我浑蛋，我不会讲话！”

“你长本事了，拿离婚威胁我？你大一时，入党申请书都让我帮你写，你跟我离婚！你课程论文都找我帮你查资料，你跟我离婚！你连自己的袜子、内裤都不知道放哪儿，你跟我离婚！你第一条领带还是我送的呢，你跟我离婚！”

李明朗大概是刚才的可乐喝急了，猛地打了个嗝儿，接着说：“连你妈妈都说我这个儿媳妇比亲儿子还懂事，你跟我离婚！”她说得不解气，随手抄起沙发上的抱枕就往陈锐身上打，“让你离婚！让你离婚！离！明天就离！谁不离谁是孙子！”

陈锐仗着身高优势，一把揪住抱枕，顺手也抱住李明朗，嘴里嚷嚷：“我就是孙子，我还是长孙，要不奶奶怎么最疼我呢！”

李明朗两只手还在抡王八拳，但打在陈锐身上连声音都没有，明显是在撒娇了。

好戏看到这里，我终于可以放心地打个哈欠。凌晨两点了，不知道他们要演到几点，我可要睡觉了。但是李明朗好像突然想起什么，开始把目标转移到我身上："怎么就你自己在家啊，你老公呢？"

好吧，这会儿才想起来问我老公："他出差了，今晚不在家。"

"就你一个人在家？你胆子怎么这么大，一个人在家，半夜就敢开门，万一是坏人怎么办？你也太不小心了。"

"大姐你讲点儿道理好吧，谁让你咣咣砸门啊，我不开门你怎么进来？"

"那你也不能随随便便就这么开门呀，还穿着睡衣，多危险呀！你看不看罪案剧的，在家里被杀的女人都穿着睡衣，都是熟人犯罪。你真是的，这么大岁数也不长长心！我真是操心的命，每个人都要我操心。"

我刚要还嘴，李明朗一把抓住我的胳膊说："我怎么觉得你胖了呢？"

"我去，你真的要大半夜讨论这么悲伤的话题吗？"

"我跟你说张躲躲，你别不在意，年纪一大，人的新陈代谢就慢了，一不注意就发胖。你别不信，这是真的。"她抓着我的胳膊左右看了看，"你真的胖了，整天坐在家里写东西，不运动，肯定发胖。所以说啊，人真的需要出去动一动，不能懒。什么肥胖啊、高血压啊、心脏病啊、脂肪肝啊，都是懒病，得治！你要让自己动起来，千万别偷懒！”

我只觉膝盖中箭，恨不得跪在地上。

陈锐拉着李明朗往外走，嘴里说着：“行啦行啦，你真是操心的命，到哪儿都要当妈！你快休息吧，躲躲，别听她的！”

“什么叫不听我的，不听我的会吃亏的！张躲躲，你不能这么懒下去，女人要管住自己，不能任由自己发胖！”

门关上了，我又困又懒又胖地倒在床上，想着，果然每一段幸福甜蜜的爱情后面都会有一个全心全意付出的女人——这个女人八成是那妻子的闺密吧。

小眼睛，大饼脸，塌鼻梁，牙齿发黄并且“地包天”，这就是二美丽了。

二美丽是我们寝室的老二，后面跟着三马列、四国际。我是老大，大近代。除了二美丽，我们的“艺名”都是各自的专业方向，只有二美丽的“艺名”源自个人特色。她坚信自己的美貌胜过一切，每天敷面膜、化妆、照镜子的时间远远超过看专业书。这三样做累了，还要逛街买买衣服，因为她不愿意亏待了自己宽宽的模特肩和平直的锁骨。

二美丽的这份自信，在遇到武师兄之后被彻底摧毁。

武师兄姓武，却是典型的文科男生，低调内敛有内涵，哪怕是踢足球，也从来都是配合队友优先，从不炫技耍酷——其实他的技术相当不错。

在众多的学校社团活动中，武师兄只参加了一个：藏书协会，并且担任会长。相比“部长”“副部长”颐指气使的等级森严的学生会，藏书协会简单得多。几百册藏书都存放在会长的寝室里，整整齐齐码放在一张空床上，会员入会时交很少的会费办证，然后凭证去会长那里登记借书，看完完璧归还即可。那些书都是历届学生捐赠的，有文化散文也有休闲读物，漫画、武侠、言情占了很大比重。大一新生尤其热爱藏书协会，因为高中三年都被禁锢，几乎没什么阅读课外书的时间，迈进大学有这样的机会，恨不得一窝蜂把那几百册藏书借光。

照说以二美丽的兴趣是不太会去藏书协会凑热闹的，她原本想报名学生会的文艺部或者宣传部，赶巧她去报名的那天，武师兄想为藏书协会招一名干事帮他管理一部分书，所以就把招聘摊位摆到了学生会旁边。根据二美丽的回忆，那个摊位在银杏树下面，阳光透过银杏叶的缝隙洒下细碎的金箔，简洁的桌子上铺着白色的桌布，上面只放了一个毛笔字写的“藏书协会招聘干事”的牌子，桌子后面坐了一个穿着白衬衣的俊朗书生。他完全不抬头看来来往往的漂亮师妹，热闹的招聘现场跟他完全无关，他只顾低着头看一本很厚的书。喧闹的人群顿时安静下来，二美丽的世界仿佛笼上一个光圈，只把他和她团团围绕。很久之后她陶醉地说：“有些人啊，你一辈子都等不到，有些人啊，心动只需要一秒钟。”

就这样，二美丽成为藏书协会唯一的干事，并且把藏书协会里所有的漫画和言情小说都转移到了我们寝室。“因为女生最爱借阅这两种书呀！我在女生宿舍动员一下，可以极大地提升我们协会的知名度，有更多人积极捐赠书籍也不一定呢！”她说得好有道理，武师兄也无言以对。

在这之后，我们的寝室真的成了一个小型图书馆，几乎每天都有慕名而来的女生跑来借阅漫画和言情小说，最精彩的是大家凑在一起分享阅读体验。如果你参与过这种讨论，暗地里替那些被虐的男二号喊过冤，或者诅咒过蛇蝎心肠的女二号，就能想象那场面有多壮观。

不过最壮观的还是每个晚上二美丽打给武师兄的“工作汇报电话”——对的，是每个晚上。“哎呀我跟你说，那套漫画好看得不得了！”“哎呀我跟你说，今天我要被笑死了！”“哎呀我跟你说，这情节可好看了，哭死我了，你一定要看！”“哎呀我跟你说，你不要总看那些沉闷的书了，偶尔也应该看看漫画换换脑子！”

武师兄但凡有一点儿情感常识，都应该知道二美丽这份倾诉的心思源自心中无穷无尽的想念和眷恋。可是他的反应颇让人失望。接了无数个这样的电话之后，武师兄对二美丽说：“美丽，我觉得你应该少看点儿漫画和言情小说，那些书没什么营养，只会让人变得不切实际。协会里有挺多不错的文史方面的藏书，你可以看看，提升一下内涵，你会更美丽。”

武师兄一句话点醒梦中人，二美丽突然就改变了睡懒觉的习惯，每天一大早跟着三马列、四国际去图书馆抢位子上自习。在等待图书馆开门的庞大人群中，二美丽跟武师兄相视一笑，朝阳的光彩都被比下去不少。

谈起跟二美丽一起自习的感受，三马列说：“我敢打赌，二美丽只喜欢厚书，因为它垫着睡觉比较舒服。”四国际则说：“她吃薯片和锉指甲的声音要是小一点儿就好了，我们将赢得更少的鄙视目光。”

但是她们有一点达成了共识：只要武师兄在图书馆出现，无论二美丽正在做什么，她都能瞬间恢复到坐姿端正看书写字的状态。有一次晚自习开始前，武师兄请喝酸奶，他走过来的前一秒钟，二美丽还在看《水果篮子》，下一秒钟就变成了《万历十五年》。武师兄递过酸奶，眉眼带笑地说：“怎么样，这书不错吧？”二美丽的下巴点得快把锁骨戳断，一脸甜蜜地说：“他和郑贵妃的爱情太感人了！”

武师兄听得一头雾水，挠着脑袋离开了。

三马列问她：“黄仁宇还写这种八卦？”

二美丽答曰：“言情小说里有写啊，可比这书好看多了！”

三马列刚刚喝下的酸奶差点儿就喷了。

二美丽这种小火慢炖的剧情展开模式在大学的第二年横生了枝节——她收到了来自另一个男生的情书。那是中文系的一位才子，被每天穿着白裙在图书馆抢座位的二美丽打动。他字迹清秀，文采斐然，用言情小说里的语言给二美丽一封又一封地写着情书，夸赞她的美丽和可爱。网络时代的手写信更为珍贵，二美丽有女生的骄傲和虚荣，若说不动心，那是假的。更何况，跟只知道踢足球、啃书本、思考大道理、忧国忧民的武师兄比起来，中文系才子懂风情多了。就这样，二美丽调整了爱情的走向，开始珍惜眼前人。

别看她平时咋咋呼呼没头没脑，一副只顾着自己高兴的任性样子，真谈起恋爱来，竟然摇身一变成了奉献天使。吃到好吃的，要多买一份送去给男朋友；看到帅气的衣服，要买回去打扮男朋友；新上映了电影，必定拉着男友去看，并且买好可乐爆米花。二美丽的口头禅也从“哎呀我跟你说”变成了“哎呀我们家谁谁谁”。当一个女人恋爱时，她的眼里心里都是那个人，这话着实不假。

伴随恋爱到来的，还有“升职”。武师兄把藏书协会会长的头衔交给了二美丽，他说：“你这么热情，藏书协会交给你管理会更好。我大三了，没热情了，该隐退了。”

二美丽并不能预见多年之后廖一梅会写一篇名为《我爱过的男孩们都已老了》的文章，但是在那一刻，她分明感觉到她眼中的神明武师兄有着与年龄不相符的疲惫和伤感。她有爱情，有热情，又美丽可人，她觉得生活幸福得不得了。她不明白武师兄的世界，不知道他整天思考那些大道理然后把自己弄得不愉快究竟是为什么。但是她很明白一件事，那就是，他不开心，而她很担心。二美丽觉得自己不算脚踏两只船，因为她绝对是一心一意对男朋友好的，但是若说她不牵挂武师兄，那绝对是谎话。

纠结是偶尔的，开心是常态。二美丽有爱情的滋养，日子过得优哉游哉。她还开创了更大的“事业”，她把协会里所有的藏书都搬到了我们寝室，并且积极地扩充藏书量，在各年级的教室、寝室游走，搜集旧书，举办活动，让藏书协会的名气更加响亮。她看的书也越来越多，越来越杂，天文、地理、历史、体育，几乎无所不知。她的世界突然冲破了漫画和言情小说的疆界，越来越多的人跑到我们寝室来，却不单单为借书。

他们找她聊漫画，聊爱情，聊梦想，甚至聊体育和政治。我和三马列、四国际几乎要重新认识二美丽了——她难道偷偷去整形了吗，怎么觉得比以前美丽多了呢？

可偏偏在她最美丽的时刻，男朋友变心了。他说："你不像从前那么可爱了。"

也许他并不了解，男生说女生"不可爱"，比说她"不美丽"更伤人。

二美丽追问原因，男朋友回答："我喜欢你温顺的样子，看看漫画，吃吃零食，笑得天真无邪。可是你现在呢，竟然跟一帮男生凑在一起喝啤酒、看足球，大大咧咧没规没距，哪有点儿女孩子的样子呀！"

"难道女孩子不能喝啤酒、看足球吗？每次我买啤酒零食到你们寝室，你不是吃喝得很 happy 吗？"

"你这话是什么意思？那些都是你愿意买的，我可没强迫你！"

二美丽顿时就笑了。相恋一年，她一直沉醉在他的文笔和才情里，却无视他的自私和小气。认真算起来，她这位男友真的是被她惯出了衣来伸手、饭来张口的少爷脾气。二美丽不是没有反思过，自己原本也是大小姐，怎么谈了个恋爱反倒成了使唤丫头。但是她安慰自己说，也许爱情就是这样吧，要让你爱的人快乐，自己多付出一些并不算什么。直到这次争吵她才发现，自己自欺欺人已经到了无药可救的地步。

“那么，就分手吧。”二美丽的话铿锵有力，连男朋友都吃了一惊，“分手吧，我对你的喜欢，好像也只停留在最初的那些情书上面。我们在一起之后，你再也没有那样夸奖我、赞美我了。我坚信现在的自己比以前的自己好，你却是个瞎子，看不到。你觉得谁可爱，就去找谁吧。”二美丽的小眼睛里一滴眼泪都没有。

那个夏天有世界杯，她一个人拎着啤酒拿着小收音机跑到宿舍顶楼的天台上边喝边听战况。我们三个不放心，跑上去陪她喝。她听着广播不断“哎呀笨蛋”“射门啊你个蠢货”喊得煞有介事。我实在忍不住，说：“傻妞，难受就哭出来吧。”

二美丽的鼻尖动了动，嘴巴一咧开始哭，边哭边说：“我真的很想他，我对他那么好，他为什么这样对我啊！”女汉子的酒杯里有一半是眼泪。

那场球到底谁输谁赢早已经记不清，只记得大哭的二美丽说：“我以后一定嫁个会踢足球的纯爷们儿，不能再找中文系的娘炮！”掷地有声，声声入耳。

后来是三马列开动脑筋，偷偷给武师兄打了个求助电话。

“解铃还须系铃人，”三马列很老到地说，“这个时候武师兄的肩膀最治愈了。”

武师兄究竟怎样安抚二美丽的，我们不得而知。对二美丽软硬兼施，她也绝口不提。我们只是看到，二美丽很快走出了失恋的阴影，又变成嘻嘻哈哈带着二虎劲儿的开心果。

武师兄先我们一年毕业，到北方一所名牌大学读研究生。那一年二美丽格外发愤图强，把藏书协会交给下面的师弟师妹打理，她只顾着复习专业课，背英语单词，发誓要跟师兄考到同一所学校去。而事实上，她也真的考上了，再次成了武师兄的师妹。

二美丽要嫁人了，新郎不是武师兄。

这件事儿多少让我们怅然。因为读研究生的时候，二美丽曾经有跟武师兄在一起的机会，并且是武师兄主动向她表白。被喜欢的人表白是多幸福的事儿啊，可是二美丽说：“不。”

婚礼前一天，二美丽带着我和三马列、四国际参观婚房。房子不大，一间卧室，一间书房，书房的书墙浩浩荡荡，满满当当摆着她和未婚夫几年来积攒的各类书籍。三马列打趣说：“你这是藏书协会会长没当够哇！”二美丽说：“读书人的事儿，你哪儿懂！”四国际说：“明明是心里还有武师兄！”二美丽说：“滚！”

我们哈哈大笑，调侃她当年为了吸引武师兄的注意力一大早跑到图书馆去抢座位，然后抢了座位就趴在桌子上补觉。二美丽笑得最大声：“要是那个时候武师兄喜欢我，我肯定激动得把图书馆翻个个儿！”

“我还是不明白，你为什么拒绝他。是不是你拒绝武师兄的时候，已经有新欢啦？”四国际偷瞄一眼新郎，坏笑着问。

“没有。我只不过是想跟自己赌一个幸福的可能性。如果他等待的是一个更优秀的我，那么我为什么不能等待一个比他更优秀的人？”

二美丽割了双眼皮，目光比以前更理智、更坚定。

“没错，我喜欢武师兄，一见钟情。可是经历了这么多事，我开始明白，我喜欢的是我臆想出来的人，是银杏树下的一个剪影。他的世界，我并不了解。我的世界，他也没有太多兴趣走入。我付出了很多努力想追上他的脚步，他仅仅是被我这份执着感动了而已。我不聪明，但我知道爱是什么，爱应该是心动，而不是感动。”

新郎官拍拍二美丽的头说：“小毛丫头，看着傻头傻脑的，其实很聪明，这么多言情小说没白看嘛！”满眼都是宠溺。我们跟他不熟，婚礼之前没打过交道。但是从他的动作和话语中看得出，二美丽赌赢了。

他们说，懦弱是因为爱得不够

周玲珑常觉得，自己的人生可以分为两段：认识任绍之前，认识任绍之后。

认识任绍之前，周玲珑是名牌高校的学霸，热门专业的研究生，跟她学校里所有的天之骄子一样，积极申请美国常春藤大学的奖学金，准备去那边读个博士然后就扎根在大洋彼岸。她甚至已经买好了一只非常结实的行李箱，想着出国之后必定无数坎坷颠簸，有一只好的箱子才能让在异国他乡的心不那么疲惫脆弱。

认识任绍之后，她的计划转弯了，她觉得"现世安好"这句话不错，何必将大好年华都用来背英语单词、写无聊的论文，二十四岁的初恋来得有些迟了，但是上帝之手在她这迟到的初恋里布了一盘好棋，她下得乐此不疲——她一直觉得恋爱跟下棋一样，要棋逢对手才有意思。她这围棋社公认的“棋后”多年来在一群不懂风情的理工男中间独孤求败，任绍就是她梦寐以求的“棋王”。

那时候任绍刚刚从美国留学回来，在父母的安排下进了大牌国企做中层管理。这不过是安身立命的第一步，经理的名片刚刚印好，任绍自己运营的小公司就已经注册成立。具体拉到多少投资，周玲珑不清楚，在她的家教体系当中没有追问人家财产这一项。她只记得初遇那天，一袭白衣的任绍在敞篷宝马里冲她挥手，笑着说：“附近有家斯诺克俱乐部环境非常好，我们去玩一局？”周玲珑是典型的理工女，讲求实际，思维简单，从来不醉心意淫高干子弟的言情小说，但是那次初见、那句开场白，着实让她陶醉了好一阵子。

没有追求与被追求的过程，俩人的关系几乎是一球定乾坤。那场斯诺克战况如何，周玲珑已经完全没了印象，她只记得自己一直在笑，不停地笑。任绍说什么，她都觉得很有趣，笑意流淌在眼角眉梢，连任绍都忍不住说：“傻丫头，一整晚都笑个不停，我脸上有脏东西？”周玲珑笑说：“不不不，就是觉得你很有趣。”

对于从小到大都在学习的周玲珑来说，任绍当然有趣。他高中毕业被爸妈送去美国，说是读书，不如说是“散养”。他就读的是美国中部的一所大学，但是他从东部玩到西部，四年下来，寝室的门往哪边开都不能确定。即便如此，他还是顺利拿到毕业证，因为他英语进步快，又特别能胡说八道，每次考试时他都长篇大论在试卷上畅言国际局势和中美两国友谊，善良的美国教授都不忍心刁难这个一心要做两国友好往来大使的年轻人——这个年轻人，为了促进中国睦邻友好合作，光女朋友就交过一个韩国人、一个日本人、两个美国人，据说还有一个南非妞，几乎要编成国际纵队。

“外交部不要我，那是他们的损失，早晚有一天他们会做出深刻检讨。”任绍那高八度的京腔格外铿锵有力，周玲珑自己也不明白，明明知道他是满嘴跑火车想要赢得她的好感，她怎么就自觉自愿地上了钩。很多年后，有人质疑周玲珑是被任绍的家境蒙蔽了心智才死心塌地赖在他家，周玲珑矢口否认说：“绝对不是，我只是觉得他有趣。”

恋爱最甜蜜的日子里，周玲珑跟着任绍吃遍了皇城根，游遍了北京城。她感到惊奇，自己生活了近七年的城市，怎么无缘无故冒出那么多她没吃过的东西、没到过的地方、没见过的人。明明是破旧无比的老胡同，里面竟藏着限量供应、只有圈内人士才拿得到入场券的私家菜。而所谓的“七星酒店”里头，周玲珑第一次为自己的学生妹装扮自惭形秽，无论心里再怎么高呼“我是天之骄女”，衣香鬓影的奢华还是轻而易举击败了心头的那份虚荣。以前她从不相信“二十几岁决定女人的一生”这类的鬼话，跟任绍出席了一次他朋友举办的晚宴之后，周玲珑捧了十几本类似的书回寝室。几乎是第一次，她窥探到“托福英语题库”之外还有那样辽阔的世界等待她去探索。

周玲珑更想象不到的是，任绍的妈妈、周玲珑的准婆婆把这一切都看在眼里。自家人的晚饭时间，母上大人问任绍：“这姑娘你觉得还行吗？”

任绍说：“还行吧，挺老实，没提过什么要求，看个电影吃个烤串就挺满足。”

母上大人心满意足地放下碗筷说：“当初让李校长满学校找年纪合适的姑娘，推荐了五六个我都没看上，就这个瞧着还顺眼，生辰八字跟你也还匹配。人是笨了点儿，土了点儿，但是还算本分，这就够了。你刚回来，百废待兴，工作的事儿、公司的事儿够你忙的，千万不能找个多嘴多舌的女朋友指手画脚。”

任绍回答：“您说得是。”

周玲珑名不副实，爸妈给了这个名字，希望她做个八面玲珑的姑娘，可惜她会错了意。学习上倒真是把好手，小学、中学、大学一路走来从不负众望，但是人情世故上每每显得差强人意，听不懂弦外之音，更不会争名夺利，这一点究竟是害了她，还是帮了她，她很多年都没想明白。

第一次见准公婆是在他们新买的郊外别墅里，庭院深深深几许，周玲珑第一次进去，小桥流水的诗意并没有给她格外的惊喜，反倒是三绕五绕，觉得晕。这“晕”更加重了她的“呆萌”，准婆婆觉得这姑娘算是个老实人，心里也就认下了这门亲事。她家有她一个女强人就足够，下一代的少奶奶只要贤良淑德操持家务即可，所以她说：“小周啊，随便参观，不要客气。你们的婚房在二楼，我已经让人收拾出来了。你看看有什么不满意，直接提出来。”然后又补充，“你爸爸妈妈有时间的话可以过来住，反正房间够。我工作忙，你生孩子什么的可能照顾不到你，需要你父母来。”

就这么嫁了？周玲珑有点儿不敢相信。转头看看任绍，他并没有看她，只是很恭敬地跟在他妈妈身后转。她不知道婆婆大人这话怎么接，所以用眼光急切地寻求任绍的帮助。还好他们有默契，任绍在适当的时刻跟她对视，然后笑着说："高兴得傻掉了？还不谢谢妈！"

周玲珑总觉得有哪里不对，可一时又想不透哪里不对，也只能木头木脑地说："谢谢妈。"

订婚前，周玲珑的父母从遥远的故乡来到北京，拉着周玲珑的手说："玲珑啊，这家的经济条件自然是好的，但是妈妈担心你受气。我的女儿虽然不是金窝银窝下的蛋，却也是爸妈手掌心里捧大的，遇到了这样的婆家，别人都说你麻雀变凤凰进了豪门，爸妈只担心你再也不能像在家时那么轻松自在，过简单的日子。"

亲妈一句话点醒梦中人，周玲珑突然回过神儿来，那些萦绕在她脑海里挥之不去的"不对"是什么，那是她一直坚持追求并引以为傲的——独立。自从跟任绍在一起，她得到了不少快乐，这不是骗人的，但也不知不觉中放弃了做决定的权利。去哪里吃饭，去哪里约会，什么时间见公婆，这些都不由她决定。直到后来她投简历找工作，婆婆也只是轻描淡写地说："找什么工作呀，就凭你，能找到什么工作呀。简历给我，我帮你联系。"

没过几天，在其他同学还在赶场一样参加招聘会接受一轮轮面试的时候，周玲珑在国企的工作就稳稳落定了。不消问，大家梦寐以求的北京户口也轻松到手。

周玲珑正式搬出寝室去跟任绍同居的前一天，室友约她一起吃饭，不无羡慕地说：“以后要喊你周贵妇了，苟富贵勿相忘，以后姐们儿要是混不好，你可得念旧情多接济！”

周玲珑作势要撕她的嘴：“你胡扯什么！美国名牌大学的奖学金等着你，你才是前途无量！”

室友感慨：“怕的不就是无量嘛！年薪要算，房租要算，一切都需要量化的今天，最恐怖的就是无量。你别看大家嘴上不说，实际上都羡慕你不用奋斗就拥有一切，包括我。”

周玲珑不甘示弱：“我怎么没奋斗？我不奋斗我怎么考得上名牌大学？”

室友略有醉意：“好了，你无须再奋斗，也算是有个好八字。”

直到那时周玲珑才从室友口中得知，跟她同一级不同院系的一个女生就曾经被任绍的妈妈接见过，最终因为生肖跟任绍相克，八字又非常不合，被毫无余地 Pass 了。周玲珑平生第一次庆幸自己生对了时辰，也平生第一次恐惧未来的婆婆。

考虑到婆婆大人的影响和领导层整顿腐败的决心，任绍和周玲珑的婚礼选择了低调奢华风。遗憾的是，周玲珑最贴心的闺密也没有现场观摩婚礼的机会，只能通过后来周玲珑发的照片来感受婚礼气氛。除了周玲珑远道而来的父母，参加婚礼的所有人都是男方亲友、她婆婆邀请的官场要员以及生意场上往来的朋友。新娘是这个大家族的新玩具，有必要向大家展示她的体面和顺从。大家都觉得香港来的婚纱让原本微胖的周玲珑看起来苗条了不少，只有她自己知道，她饿了一个月的肚子才减下去八公斤。但是她婆婆说："太瘦了不好，难生养。"

婚后的周玲珑搬去别墅住，所有的家当就是原本买来准备出国用的那只行李箱。挑挑拣拣，学生时代的衣服完全不能再穿，只能捐赠或者丢弃。按任绍的意思，那只箱子没牌子不值几个钱，干脆一起丢掉。周玲珑想了想，终究还是把最有价值的几本专业书以及各色证件锁进了箱子里，搬进了新家。

第一次冲突是因为工作。周玲珑在办公室跟顶头上司因为某件事宜发生了争执。她直言不讳，找出上司在操作过程中出现的错误据理力争，她对自己在专业方面的掌控信心满满。可是，第二天更上一级的领导就点名找她谈话。

"家里挺好吧？"这是大 Boss 的开场白。周玲珑想了半天才明白，他问的是她婆家，然而她并不明白工作时间扯这些有什么用。领导继续说："你婆婆是我的老领导，我跟过她好几年，相信她的眼光。你是名校出来的人才，是我们这里最缺乏的。但是人才也需要职场磨炼，你要懂得，职场里除了需要专业技能，还需要跟人交往的技能。"

这话绵里藏针，周玲珑臊得满面通红。以她受的教育来理解，大 Boss 是在委婉提醒她：第一，她是凭她婆婆的面子才得到这份工作；第二，她在人际交往方面太过低能。跟所有初入社会的年轻人一样，并不玲珑的周姑娘犯了凡事较真认死理的错误，她对大 Boss 说："我说话的方式可能欠妥，但是领导有错在先，我总不能睁一眼闭一眼，看他就那么错下去。"

这句话很快就原原本本传到了周玲珑婆婆的耳朵里。婆婆先前只觉得这儿媳妇有点儿笨，没想到她笨到这种程度，刚入职场就自以为是事小，丢了她的脸面才事大。虽然说不上家法伺候，找周玲珑语重心长地谈一谈是在所难免的。

周玲珑把事情的来龙去脉说清楚。婆婆眼皮一沉："领导有什么错，领导永远都对。你连这点儿轻重都拎不清，这么多年的书算是白念了。"

周玲珑越战越勇："我的校训是自强不息、厚德载物，坚持对的、指正错的，社会才能朝着更好的方向发展。"

婆婆冷笑："你什么时候能放下名牌大学的架子，什么时候才算真正懂事。社会跟你有什么相干，能把日子过好就不错了。是看了我的面子，才让你进了好的部门有了好的差事。换了别人，没几年端茶倒水的经历能跟领导说上话吗？少奶奶，你别天真了。”

周玲珑还想为自己辩解，婆婆已经没了耐心：“你要还是不服气，就按照你的方式去办事，不过你要想好，出了什么麻烦，我不一定能够帮到你。”

周玲珑最不怕激将法，她开始较劲。她相信是金子永远能发光，事实会证明她是对的。

然而事实并没有给她证明的机会，她工作的部门主要负责合同的起草拟定工作。大大小小的工作来了不少，领导一直不用她。其他人都忙得人仰马翻，她只能在一旁喝茶。即使她主动伸手去帮忙，也以“你是半路来的，不好插手”为由被委婉拒绝。周玲珑幡然醒悟自己被供进了冷庙，原本还算亲近的上司再也不为她烧香。

日子一久，周玲珑有些熬不住，想换部门。她跟任绍诉苦，任绍说她身在福中不知福，让她跟婆婆说几句好话：“别瞎折腾了，妈也是为你好。你这性子不适合混职场，有个闲差拿工资就行啦。”

周玲珑被任绍的反应激怒：“我嫁给你不是为了当花瓶摆

着的！”

任绍放下手机游戏瞥了她一眼：“我要是想找花瓶，也不会找你了。”

周玲珑第一次失眠，她开始痛恨自己自裁羽翼，放弃了整片蓝天。她忙了几天写了调职申请，想到更能体现个人价值的部门去。可是调职申请才写好，还没来得及往上交，她发现自己怀孕了。

怀孕让周玲珑岌岌可危的地位突然得到了强有力的扶持，办公室领导对她又和蔼可亲了，婆婆自然也多了几分笑脸。头三个月有流产的迹象，周玲珑连病假条都没有一张，竟然就那么在家里吃吃睡睡躺了几十天，没有一个人追问她工作的事，只有关于她强硬后台的绯闻广为流传。

远在美国打拼的闺密打趣她：“怎么样，你还闹不闹了？体会到特权阶级的优越性了吧！”

周玲珑还想辩解，可是张开嘴，底气先不足了，想来想去也只说得出一句：“我这还不是为了孩子。”

可惜孩子还是没能成为最终的保护伞，性别决定了未来是否母以子贵，周玲珑生了个女孩。

“就她？生丫头的命！”婆婆第一时间知道孩子的性别，

两天后母女出院时才得空去见她们。而任绍有一单紧急的生意要谈，在周玲珑生产前一天飞去上海，几天后才回来。

周玲珑的妈妈从老家赶来伺候月子，把这一切都看在眼里，禁不住叹气："女儿啊，以后要是受气，就回家，妈妈照顾你们娘俩。"

妈妈这一句话，让周玲珑疼得直哆嗦，比顺产还疼。

小女婴刚生下来并不好看，头发稀少，引不起家人的垂怜。直到满月时她才变得水嫩嫩的，睁开大眼睛水汪汪地看世界，婆家人才蜂拥过来欣喜地喊："像任绍！像任绍！"那顿满月酒自然又是无限风光。

从此，周玲珑的生活重心就转移到那个没有父亲迎接的女儿身上，不是在哄孩子睡觉，就是在带孩子看病，这二十几年积攒的智慧全部用在了育儿身上。工作什么的，完全没有心思去想。产假结束后，婆婆帮她调到更轻松的行政部门，每天打印文件看报纸，因为单位离家不远，她还能时不时回家喂孩子。

看似一切都好，只是，周玲珑不敢再上网跟同学聊天，也不敢看微博、朋友圈。昔日的同学们在美国或者日本，每天扎在图书馆里写论文，住在拥挤的留学生公寓里，为一顿简单的中餐欢呼雀跃。有人在哈佛拿了学位，有人在早稻田当助教，有人拿到绿卡……这一切周玲珑都假装不知道。她有女儿，越长越漂亮，就足够。

朋友们也安慰她：“我们打拼得苦哇，连孩子都没时间生。看你多幸福，豪宅名车里养孩子，连奶粉都是最好的进口货。”

周玲珑只是笑，只有她知道那豪宅别墅有别样光景。郊外别墅毕竟远离市区，上班不方便，任绍在市中心租住了一套高级公寓。直到那时周玲珑才知道，她老公名下没有任何财产，豪宅名车都是婆婆的。至于任绍创业开的公司，更有一个夸张的说法，那不过是有人为了巴结他妈，在公司里给了他一个高管的头衔，让他白领一份俸禄罢了。她和任绍的工资加起来数目可观，但是支付了各种吃喝玩乐日常开销之后所剩无余。难怪有时她婆婆会揶揄：“你们年纪轻，不知道这社会的深浅，挣点儿钱能养活自己就不错啦，其他的事慢慢来。”

任绍依旧有趣，依旧有本事逗周玲珑笑。只是这时周玲珑的笑中有了忧患，她不知道这随波逐流的日子能有多少希望。

搬家那天，周玲珑又看到了自己的那只行李箱。她已经拥有不少名牌的包包袋袋，这只学生时代买的行李箱显得丑陋笨拙不够档次，但是她依然把它拎进了新公寓。她想，待孩子大一些，她还是要再次出发的。

女儿三岁那年，周玲珑的一个发小到北京开了家画廊。周玲珑第一次去参观就喜欢上了那家集工作室和展厅一体的画廊，装修前卫，环境舒适，虽然她不太懂画，但是相信那是一处很赏心悦目的所在，有盈利空间。于是周玲珑跟任绍商量，想入股。

任绍在玩手机游戏，眼皮都没抬，直接说："胡扯。你别净想些没用的。"

"怎么是胡扯呢？我觉得可行。"

"那点儿小钱还不够折腾的。北京有多少艺术家多少画廊咖啡馆你知道吗？你知道行情吗？你懂开店做生意吗？这个朋友跟你多少年没联系了，突然就跑来北京做生意还拉你入股，你不觉得是别有用心吗？谁做生意大把捞钱会上赶着来找你？"任绍依旧在打游戏。

"不试试怎么知道不行？"周玲珑懒得跟他辩，拎包出了家门去见那位朋友，谈合作的事。

周玲珑出门总共不到三小时，因为她惦记着家里的女儿。可是回到家一看，女儿被送去了爷爷奶奶家，任绍还在沙发上玩手机游戏，身边扔着好多零食包装袋、水果皮。女儿换下来的衣服就随手丢在床上，一只鞋子也在床上。周玲珑突然就冒起一股无名火，一把抢过他的手机丢到一边，大喊："你除了玩就不能做点儿事吗？没有自己的事业，家务事又完全不管，两三个小时你都不能带带孩子，你怎么懒成这样？"

任绍被这突然到来的怒火烧得莫名其妙，不过很快就反唇相讥："你这事业还没谈成呢，就开始对我大呼小叫了？你少奶奶当得舒坦，知道在外面做事儿有多难吗？你心血来潮说开店就开店，我看你是钱多了烧的。妈早说了，你脑子不够，不适合在外面闯，把家里的事料理好就可以了，赚钱不用你操心！"

"你妈凭什么说我脑子不够？她以为她能一手遮天吗？你就是太迷信你妈，今天才会一事无成。工作是你妈找的，公司是你妈开的，你有什么？你什么都没有！你就是个游手好闲的二世祖！"

周玲珑说完就冲出家门，喘着粗气在小区里逛了好几圈。当她发现自己钱包、手机、钥匙都没带的时候，已经是晚上了。而她回家敲门，任绍已经不在家了。

"就凭你，还跟我儿子吵架？这日子你要是想过，就安安稳稳在家过；要实在想折腾，就到外面去折腾，没人拦着你。"

这是周玲珑的婆婆送给周玲珑的第一句话。

那个晚上，周玲珑和婆婆在书房里聊到半夜，具体聊了什么，怎么聊的，不得而知。反正有两个版本流传出来。依照周玲珑的说法，婆婆在官场打拼三十年，见多识广，一番讲解让她明白女人创事业有多不容易，所以才劝她不要异想天开。另外，她还需要考虑孩子的教育问题。周玲珑所在的单位有北京市最棒的幼儿园、小学、中学，她保住这份工作就相当于给孩子铺了一条坦途。与其拼死拼活去挣钱却让孩子在父母缺失的环境中长大，不如她在家当贤妻良母，给孩子创造一个好的生活环境。所以，周玲珑的安稳，实际上是她女儿的安稳。所以，周玲珑不得不放弃经商的计划，继续在体制轨道上打印文件喝茶看报纸。

但是依照周玲珑婆婆的说法，那晚周玲珑痛哭流涕，生怕失去现在这养尊处优的少奶奶地位，聊到最后跪在地上说："妈，我错了，我以后不再跟任绍吵架了，一定不了。"

这件事发生的第二年，周玲珑又怀孕了。她婆婆非常高兴，准备了最好的补品，还送了她一辆宝马 X5，说是出门代步方便。车子是在周玲珑名下的，因为她摇号摇中了。

周玲珑的二胎出生了，又是个女孩。这次没有办满月酒，婆婆说："又是个丫头，没什么可庆祝的。不过也好，周玲珑有经验了，带第二个比带第一个轻松多了。"

周玲珑终于在两件事情上做了主：一是让她老公租了一套更大的公寓，多了一间婴儿房；二是雇了个保姆，因为她妈妈身体不好，不能再从老家过来帮她带孩子了。搬家那天，周玲珑扔掉了那只旧行李箱，她知道自己这辈子恐怕没机会用它了。

周玲珑的第二个孩子一周岁时，她那位在美国的闺密才刚刚结婚。多年奋斗之后她和老公有了绿卡有了房子，在美国郊外的大别墅丝毫不比任绍家的差。看到她的婚纱照，周玲珑眼泪掉了下来。她说不是羡慕忌妒恨，而是想到二十几年后自己的两个女儿都要嫁人。

我第一次尝试当编剧就要住进剧组，为这事儿跟男朋友吵了一架。他认定影视圈没好人，制片以及导演都是色狼，我要是去了一定是羊入狼口。即使有幸保住晚节，也会沾染很多坏习气。所以，他坚持不让我去。而我这人天生逆反心理就重，再加上没遇到过坏人，笃定地相信“天下无贼”，任别人说破天，我都不信大白天会遇到鬼。所以，吵架之后我拎了简单的行李就住进了剧组租下的酒店。

其实剧组还没组起来，只是制片和导演以及几个主创编剧聚在一起写剧本。大致方向有了，我们一起拉大纲。这帮人习惯昼伏夜出黑白颠倒，我也只得把好好的生物钟弄乱，靠咖啡和浓茶来给自己提神。除了我，还有另外一个女孩，她说她不是编剧，是打杂的，大家都叫她串儿。

串儿年纪还小，个子也瘦瘦小小，头发短得像男孩子，但是五官精致美丽，耳垂上两个金色的大耳环熠熠生辉，叼着烟卷的时候带着叛逆又颓废的气质，像个在一帮傻老爷们儿中找爸爸的少女。只是这个少女眼中藏匿着复杂而幽怨的心事，初见的人并不容易察觉。

剧本进展并不顺利，最初还有个明确的故事设定，可是人多嘴杂，一会儿一个点子，头脑风暴真的刮起来，把最初的故事梗概都刮没了。导演全盘推翻了原先的构想，另起炉灶，让我们重新想故事，规定每个人必须贡献一个足以打动他的故事情节，否则不许回家也不许有人来探班——可最困难的是，导演是水瓶座，怪得没边儿，我们完全不知道他的兴趣点在哪里，开小会的时候，大伙儿临场发挥讲故事，没有一个人能够让他提起兴趣。我甚至被点名批评："我们要拍的是现实题材的成年人故事，不是高富帅恋上灰姑娘的言情小说，你把你那些小儿女的情啊爱呀的放一放！"我听见自己的玻璃心碎了一地，低头给男友发短信："真倒霉，比想象的难多了。"编辑之后我又删除了。这句话发出去，岂不是等于认输。

我急躁，我焦虑，串儿看得清楚。她和我住同一个房间，当我终于按捺不住把手伸向香烟的时候，她麻利地递上了打火机，说："知道了吧，那些大烟枪不是生理依赖，纯粹是心理依赖。"

我说："你还真是看得通透。"她说："这个江湖其实不大，呛几口水，什么花式游泳都能学会。"

我追问："你呛了几口？"

她撇撇嘴说："我水性不好，快淹死了。"她的短发上别了一个亮晶晶的米老鼠形状的小卡子，灯光下闪呀闪的，衬得她的眼睛很亮。

半夜被电话叫起来去开会，翻身起床，串儿已经不在床上了。之前早就有各种传闻说剧组里的女孩子半夜"睡错房间"，我想了想串儿一直以来的举动，隐隐觉得她大概睡错了床。果不其然，串儿是从导演房间出来的。

我们开会的时候，串儿就像小猫一样卧在导演脚下。导演坐沙发，她蜷缩在下面的地毯上抱着他的腿。黑色的紧身毛衣、黑色紧身裤，越发显得整个人娇小。一旦导演要拿烟或者水，她瞬间摆脱猫的慵懒体态，飞快行动，顺便送上一个娇媚的笑容。而导演并不正眼看她，就像爱抚一只猫一样捏一捏她纤细的脖子和消瘦的脊背，然后继续批评我们这帮新编剧的烂水准。

"串儿究竟是什么人？"隔天吃晚饭的时候我跟另一个编

剧八卦。

“这还看不出来，导演的小情儿呗。”答得有些讪讪。

“哼，她连小情儿都算不上。”一直沉默的石佛突然插话。

石佛是我们送他的绰号，因为他新剃了光头，话极少，脸庞又有些少林武僧的样子，我们就开玩笑喊他石佛。石佛只是笑笑，依旧把世俗心藏得好好的。这次竟然主动参与我们的八卦，我不禁怀疑他是藏匿在我们中间的“高手”。

果然，两瓶啤酒下肚，石佛话多起来，他说他已经跟导演认识好几年了，给导演写过两个电视剧，算是年轻的“老编剧”了。听了这话我们都有点儿后怕，幸好没说什么出格的话，要不然寸功未立先得罪了导演的红人，以后还想不想混了。石佛笑着安慰我们：“放心，当编剧的靠笔吃饭，嘴没那么碎。”

晚饭结束，导演还在房间睡觉，我们稍稍得到一点儿自由时间。休息室有桌球，另外几个人开了局，我坐在一边看。石佛问我：“你做编剧几年了？”

我说我完全是新手，以前只写过小说。他说：“哦，那转行挺难的，当编剧和写小说是两个路数，小说写得越多，转行做编剧越难。”

我像找到了知音，立刻开启吐槽模式：“是啊是啊，我这两天被打击惨了，完全不知道导演想要什么。”

石佛就笑：“这不完全是你的错，这个导演难伺候也是出了名的。其实他自己都不知道自己想要什么，喊你们一帮人过来头脑风暴，就是想要点儿新鲜东西刺激刺激脑细胞。我劝你还是趁早退出吧，再找其他机会，再碰更靠谱的导演。”

我知道这是肺腑之言，就对石佛生出了几分亲切感，大着胆子说：“我总觉得你有点儿特别，好像知道很多事。要不，你给我提供点儿素材，让我找找灵感？”

他愣了一下，摸摸自己的光头说：“你还真行，找素材找到我身上来了。也好，我告诉你我的故事，反正我们这行就是卖朋友，把熟人的故事写来写去。我倒是很好奇你会把我写成什么样子。”石佛点了支烟，轻轻咳嗽了一声，说：“串儿其实是我女朋友。”

我瞬间就不淡定了，“贵圈真乱”四个字在我舌尖儿滚了又滚，终究没说出口。

他依旧波澜不惊，抽着烟淡淡地说：“我认识她的时候她才十七岁，就辍学来北京混，也写小说，也想当编剧，特别有灵气，人又漂亮，天不怕地不怕的，哪儿有机会就往哪儿钻。我那时候挺愣，喜欢姑娘就直说。我说：‘我喜欢你，做我女朋友吧。’她说：‘就算我现在同意了，以后遇见比你好的也得跑掉，你受得了吗？’我说：‘受得了，你跑了我就追，追不回来算我没本事，我认。’然后我们就在一起了。

“一开始倒也挺开心，年轻，不怕苦，胡同里租间破平房就能住得高高兴兴。没事儿就溜出去到处蹭饭攒局。我比她出道早，有点儿门路，时不时帮人改改台词挣点儿钱，但是特正式的编剧机会一直没有。她比我有灵气，但也跟你一样，只会写小说，不会写剧本，不断被人否定，后来就有点儿自暴自弃，觉得自己是没有后台撑腰才处处被欺负，她就开始给自己找后台。

“年轻小姑娘想找个后台，容易得很。有次剧组制片人请吃饭，投资方的人去了，一个老头儿，头发都秃了，看上她了，说养她，捧她。她回来问我，说要是她同意了，我怎么办。我说能怎么办呢，你想要钱，我真没有，只能说以后慢慢挣给你，但要是你熬不住了，我也没办法。她想了想说，反正我也是偶尔跟那老头瞎混，不用一直跟着他，不跟他在一起的时候我们就还在一起，怎么样？我同意了。”

“你同意了？”我大惊。

“嗯，我同意了，”石佛淡定得像在说别人的故事，“因为我知道那老头儿肯定是骗她，她又太傻，把事情想得太简单，她需要犯点儿错误、付出点儿代价。我陪着她，她觉悟之后还能找我哭一场。要是我就那么不管她了，她说不好就真堕落了。而我是真的喜欢她，那种喜欢。”石佛深深吸了一口烟，像是在措辞似的，“你喜欢米老鼠吗？”

这话题也切换得太快，我点头应着：“喜欢呀。”

“你看，米老鼠那么可爱，看到一个就忍不住摸一摸拍一拍，就想捧在手心里好好宠爱它。我对串儿的感觉就是那样，她就是个小孩儿，以为自己睡了男人就长大了，其实并没有，骨子里还是个小傻瓜，只看得到这花花世界的表象，永远触及不到千姿百态的实质。彻底丢开她，让个老东西去糟蹋，我做不到。”

石佛跟串儿以及那老头儿的三角关系，持续了不到一年，串儿跟老家伙分手了。因为老家伙除了偶尔送她礼物带她出去玩，根本不把她的事情放在心上。别提当编剧的机会，就连剧本两个字都没提过。面对那些价值不菲的裙子首饰，串儿不是不动心，但是她心里清楚，这么混下去是耽误自己，也践踏石佛对她的一片好意。于是，她终于跟那位“干爹”分了手，并且把那些裙子首饰都打包丢了回去。她和石佛依旧是甜蜜的小情侣，在偌大的北京城里满怀希望地为未来奔忙，时不时在失望中兀自惆怅，又通过彼此慰藉来酝酿下一个希望。

后来，石佛认识了现在这个导演，并跟着他完成了一个电视剧。虽然没能署名，但是得到了一些钱，以及小范围内的肯定，算是迈出了成功的一小步。后来电视剧的收视率获得了一个小惊喜，挣了不少钱，投资方很高兴，就让导演循着上一次的路数再拍一部。就这样，石佛得到了第二次跟导演合作的机会，并且约定有署名权，价格也比原来翻了几倍。

“串儿也没闲着，写小说，还出版了，拿到钱高兴得不得了。我们甚至开始商量攒钱买房子结婚。一切都朝着好的方向发展，直到她认识导演，提出跟我分手，要去给导演当情妇。”

石佛年纪并不大，开始回忆这段的时候，好像一下子老了几岁。

“起初我以为她是说说玩的，我俩在一起久了，什么奇葩的事儿都经历过，什么无聊的笑话都说过，无节操无下限。她说她想跟导演好，我还当她说笑话，我就顺着她的笑话说：‘行啊，你去睡他吧，正好现在他老婆在香港生孩子，他身边没人，寂寞着呢。’她却挺严肃地说：‘他老婆在这儿我也不在乎，我爱上他了，他有才华。’我太熟悉她了，看她脸色，就知道她是认真的。

“拍第一部戏的时候我们剧组在外地，我跟组，串儿去探班就见过导演，用她的话说，当时她就对他有好感，不过还只是好奇。后来第二部戏就在北京拍，串儿跟我一起跟组，整天跟导演打交道，串儿就走火入魔了，认定他就是她的梦中情人，铁了心想跟他。你要知道，她也算是半个文艺女青年，凡事不以利害得失做评判，只问自己高不高兴。说好听是理想主义，说白了就是不知好歹。这么多年在一起，我已经不想跟她扯爱情了，我就以亲人、哥哥的身份问她一句：‘你这么做，对自己有什么好处？’她不理，一意孤行，留给我一句对不起，就搬去导演那屋睡了。”

“这个不知好歹的贱人！”我忍不住骂了一句。

石佛笑了笑：“其实你心里更想骂的是我吧，我这个贱人栽培者，比贱人本人还可恶。”

我钦佩得简直要跪下了：“亏你还笑得出来，还能跟那一对贱人继续合作！你不会还想当守护天使，继续守护她吧。”

“不，她已经不需要我守护了，她已经足够成熟，分得清爱和依赖。就算导演什么都给不了她，她还是愿意飞蛾扑火，这是爱。至于我，她没有像上一次那样提出跟我继续保持关系，是不想再依赖我了。也许这是她给我的最后的温柔，不让我把绿帽子戴到最后。她有这番苦心，我何必辜负她。再说，导演对我不错，给我机会，带我上路，我没有必要跟自己的前途过不去。有些男人为了给自己铺路，可以牺牲自己的女人。我不需要，有女人乐意自动去给我铺路，我何乐不为。这次这个剧，导演答应让我做第一编剧，我还求什么。"

石佛的表情带着淡淡的微笑，像是带着怜悯俯瞰苍生。其实他言语间依旧在袒护着串儿，因为谁都知道他能够走到今天这一步靠的是才华和导演的认可，导演可不是几句枕边风就能吹得动的。"有用"是维系这个圈子关系的关键纽带，感情什么的，作用微乎其微。

一连几天的浓茶、咖啡、二手烟，以及低质量、短时间的睡眠，严重损害了我的智商和创造力。我脾气暴躁，越来越没耐心听导演掰扯那些莫名其妙的逻辑——而且在我看来，他说得完全没逻辑。我熬不住了，决定放弃，发消息给男朋友说："我要回家了。"他说："好。"

大伙儿都忙，顾不上我这个中途退出的倒霉蛋儿。串儿帮我拎包出门，等出租车的空儿，她说："这两年，你还是第一个主动退出的女编剧。有这么好的机会，人人巴不得削尖脑袋挤进来呢。"她额前的碎发用那只米老鼠的发卡梳了上去，样子还像个小孩子，但我知道，最愿意把她当孩子宠的人，在某种意义上已经死去了。

她像是看穿了我的心意，笑笑说：“石佛是个好人，对我真的好，我想，以后再也不会有人像他那么没原则地对我好了。其实有时候夜里失眠，想起以前的事，我瞧不起自己。稳定的感情不要了，事业半途而废，跟着一个已婚男人跑来跑去，究竟图个什么。图个滋味儿吗？最初是挺有滋味儿的，看着一个魅力十足的男人讲各种我不懂的事，我仰望他，膜拜他，甘愿一辈子做他的信徒。

“但是时间久了，终于明白他是人，不是神，为了给孩子买奶粉要拼命挣钱，为了给老婆买名牌包要拍自己不喜欢的片子。特别是对我，就像处理一个可有可无的道具。看到这一层，他的神性就没了。可是，我把偶像请下了神坛，又该把自己放到哪儿呢？我回不到从前了，也不知道下一步怎么走。我一直当不了编剧，因为我控制不了剧情。”

“呸。你这辈子才演几集啊，就想烂尾？”我有点儿管不住脾气。

“烂尾说不上。不过你也知道的，国产剧剧情略，总有几集灌水！”她调皮地笑，“我就当这两年灌水了吧。自己犯的错，总得自己埋单。以前总想拉着石佛给我当垫背，现在不能了。我不能总欺负好人，会遭天谴的。拍完这部戏我就回老家，找个学校念书去。其实我以前是学美术的，一直想设计出米老鼠那样好看的动画形象。后来不知道怎么鬼迷心窍想混影视圈儿，走了这么段弯路，可能，最大的收获就是石佛吧。这部戏拍完，他就算是个成熟编剧了，我再也帮不上他，也不能贪恋他的温暖，是到了说‘再见’的时候了。”

串儿晃了晃脑袋，头顶的米老鼠在阳光下闪了闪，像是要哭了。

后来我再没见过石佛，也没见过串儿，我甚至没再去尝试当编剧，因为觉得那样的生活不是我想要的剧情。但是偶尔跟影视圈的朋友聊天，听各种八卦，还是离不开谁睡了谁、谁离开了谁的烂俗剧情。我会情不自禁想到串儿，想到她那几集“灌水”的人生。相信她后面的剧情会很好，因为米老鼠注定万人瞩目，也许她不是个好编剧，但她永远是自己人生的女主角。

制服诱惑

宝贝儿这个人啊，蛮纠结的。

从外形上看，她骨骼强健、身形肥硕，却喜欢扮小鸟依人状，说话也喜欢假装婉约。跟女生在一起扎堆儿讲小黄段子的时候，她能笑得露出喉咙，可是在男生面前她又屏声敛气故作淑女，还特别没道义，经常把我这种直肠子情商低的蠢货推出去当炮灰。可是相处久了就发现，这个家伙并不是“装”，她是真的“傻白甜”。她爸是小地方上的小官僚，有点儿实权、有点儿人脉，对自家姑娘特别娇惯，姑娘长到二十岁，动不动就坐到爸爸大腿上。

宝贝儿爹带给闺女的影响除了大大咧咧，还有“制服诱惑”。宝贝儿从小看着爸爸穿制服上班，觉得那样的男人最有型。哪怕爸爸年纪大了，发福了，板正的制服已经管不住肚子，宝贝儿还是觉得“制服男人”最帅，所以找男友一定要以制服为标准。

中学时候的初恋就算了，到了大学，恋爱总是有意无意被上升到婚姻的高度，找男朋友不自觉就跟找老公画上了等号。有一次我们出去逛街，宝贝儿盯着路边的交警看了半天，咂着嘴说："不管有多好的追求者我都得忍住，一定要找个穿制服的！"

宝贝儿长得漂亮，面如满月眼似星辰，属于很喜庆的那种，所以追求者排成长龙，可她真的忍住了。有一个横生枝节的是她中学同学，两人关系一直特好，到了大四的时候，那男生很诚恳地说："你回老家工作，咱们结婚吧。"宝贝儿和他暧昧了一阵子，终究坚持初衷说："我想嫁个穿制服的帅哥。"

巧的是，她拒绝了这个同学没多久，就真的认识了一个穿制服的帅哥。

那时宝贝儿在报社实习，成天出去跑新闻，她是新人，不敢接红包，收到之后都规规矩矩交给带自己的领导。那领导就很喜欢她，乐于带她出去应酬。她就是在一次饭局上认识了穿制服的李宝马。

世间所有的一见钟情都差不多，眉来眼去无须赘言。最初的两次约会，李宝马都彬彬有礼，宝贝儿也跟平时一样做淑女状，笑不露齿，不胜酒力。李宝马夸她是现在女孩子中少有的淑女。我们寝室的人知道这事儿之后，都起哄骂她装得了一时装不了一世，可是宝贝儿正沉浸在初陷入恋爱的最陶醉的阶段，相信自己一定能够“装”得很长久。

可惜，宝贝儿高估了自己的演技，第三次约会时就露出了马脚。那天她和李宝马单独在外面吃饭，一个朋友转发了一个黄段子到她手机上。宝贝儿正小口喝汤，看到笑话，很没风度地笑了出来，一口汤差点儿就喷到李宝马的制服上。李宝马问她笑什么，她支吾不敢说，怕毁掉淑女形象。可她偏有个毛病，一件事笑起来就没完没了。她的脸憋得像个西红柿，李宝马觉得好奇，就非要看她手机。看完才知道，是黄段子。李宝马也笑，说：“看来你们的娱乐项目还很丰富呢。”宝贝儿就有点儿尴尬，红酒的光泽映照到脸上，面色红润，眼角眉梢都是春色。李宝马看得醉眼迷离有些把持不住，凑到宝贝儿耳边说了句：“我们去开房吧！”说着就一手抓着车钥匙一手抓住了宝贝儿的手。

前一秒钟还心神荡漾的宝贝儿顿时酒醒一半，啊，开房？难道约会不应该是循序渐进、浪漫缱绻、你情我愿、暧昧纠缠吗，手都还没牵，亲吻都还没有就去开房，也太疯狂了。虽说宝贝儿看了不少荤段子，但是实际操作这一步她还真是完全没有经验。她当时就吓蒙了，结结巴巴说："不行啊，我，我得回寝室，太晚了！"

宝贝儿大力甩开李宝马的手。李宝马一脸窘态，只好跟她说别害怕，他只是喝多了不能开车，想去酒店休息一会儿，他有某酒店的金卡。说着还凑到宝贝儿的耳垂儿上黏糊糊地亲了一下。宝贝儿顿时一身鸡皮疙瘩，脑袋摆得跟电风扇似的，说："那你就自己去酒店醒酒吧，我打车回学校就可以了。"说着就挣脱了李宝马的咸猪手往外走。李宝马赶紧追过去说："逗你玩儿呢，你还真是小孩子，好了好了，以后不跟你开这种玩笑了。"

宝贝儿又回头看了看李宝马，一边惊魂未定害怕自己在这个夜晚羊入虎口晚节不保，一边又心存侥幸，觉得他毕竟是熟人介绍的，应该不会做什么太出格的事，不至于给她下迷药先奸后杀。看着李宝马一脸的歉意和口口声声的保证，再看看他笔挺的制服和手上宝马车的钥匙，宝贝儿觉得自己应该再给他一次机会，于是就上了他的宝马。

宝马把宝贝儿安全送回了学校。他一路上都中规中矩，心里七上八下的宝贝儿总算是踏实了。到学校大门口的时候，李宝马说："你不会因为我今晚的一个笑话就不再搭理我了吧？"

李宝马的态度很诚恳，语气甚至带了祈求，宝贝儿甚至都有点儿后悔自己当时咋咋呼呼显得少见多怪了，只好忍住心头的小鹿撞怀，嘿嘿笑着说："怎么会呢。"

大概是宝贝儿傻里傻气的样子很招人喜欢，再加上李宝马带着太多的不甘心，李宝马说："认识了这么久，我们都没浪漫一下呢。"说完就搂过宝贝儿的脖子来了个强吻。

恋爱秘籍里都说，搞定一个女生的最好方法绝对不是绅士而深情地问她"我可以吻你吗"，而是不容分说搂过来按在墙上直接强吻。不知道李宝马是不是看过这个行动指南，反正他在车里是这么对待宝贝儿的，而宝贝儿就真的中招了。浪漫的法式湿吻持续了一段时间之后，宝贝儿渐渐放松警惕，等她在清醒过来的时候李宝马的手已经伸到她裙子下面了。宝贝儿顿时从陶醉中警醒，一下子推开李宝马，学着偶像剧里发飙女配角的样子"啪"地一下给了色狼一记耳光，然后开门下了车，头也不回地飞奔回宿舍。

不能说幸灾乐祸，但是听到这件事之后我们寝室里所有的人（包括常驻的和来串门的）都很不给面子地哈哈大笑，觉得这是年度最佳笑话。宝贝儿先去卫生间狠狠刷了个牙，洗了个热水澡，争取洗掉制服男在她身上留下的全部痕迹，然后跟我们绝交了一小时，后来绷不住劲儿嗷嗷假哭了一阵子："好不容易遇到个制服帅哥，怎么是这个色狼德行呢？"

另一个室友就笑她："对你来说，'制服诱惑'的'制服'俩字应该当成动词使。你要是对制服没那么多莫名其妙的幻想，也不至于闹这么大个笑话。"

笑话到这儿也就完了，宝贝儿妥妥地收了心，断了对李宝马的念想，甚至连实习都停止了，因为她只要一见到实习领导就会想到李宝马，而且她知道李宝马肯定已经跟别人分享了那档子糗事。宝贝儿决定放弃对制服的幻想，踏踏实实找个靠谱的男友。

但是，"踏实"这俩字，对于物欲横流的时代来说，实在是很奢侈的事儿。

毕业后，宝贝儿回到老家找了一份安稳的工作，继续享受老爸的宠溺，日子过得倒也其乐融融。工作安稳了就该有七大姑八大姨张罗着让你"找对象"，宝贝儿也没有逃出这个模式。不过她不急，慢慢挑，制服暂时对她没有诱惑力了，她开始转变思路找西装男。她觉得做生意的可能会好一些，就算做生意的人也会在外面拈花惹草，那也都是逢场作戏，是为了挣钱。反正男人都不是好东西，那就抓点儿实在的在手里。什么实在？当然是钱。

有了这样的心态，宝贝儿找男友的思路发生了转变，专门瞄准有钱的。一次外出旅行，她认识了一个开旅行社的小老板。小老板的家底马马虎虎，在他们那个城市也还算不错。小老板的样子也不差，像《艋舺》里的阮经天。但是他比宝贝儿还小两岁，没怎么念过书，年纪轻轻就跟着他爸出去跑江湖，目的就是——钱。有了钱就会有女人，这是他爸教的。

对于这样的小男友，对于这样的恋爱，我们做朋友的都持保留意见。功利心太重的爱情必然会导致不幸福的悲剧，但是宝贝儿不信这一套，她说："目的明确的爱情才容易让双方满足，因此走向长远。我们彼此喜欢又有稳定的经济基础，我觉得这事儿靠谱。而且他虽然是跑江湖的，没上过什么学，但是对我很好，没有动手动脚的。"宝贝儿被制服男吃了一次豆腐，对男女之事变得格外谨慎起来。荤段子可以说，但是实践起来，不要！

宝贝儿还真就跟小老板谈起恋爱来，最甜蜜的时候，整天都在 QQ 空间晒恩爱照。

一转眼，恋爱谈了两年多，面临婚嫁问题的时候，出麻烦了。小老板家的旅行社遇到了经济危机，办不下去了。不知道是什么关系没有打点周到，还是得罪了什么更大的竞争对手，反正小老板家的生意每况愈下，连说好的大婚房都取消了。

感情不是没有，可是，“没钱”这事儿像一记重锤，砸在了宝贝儿的心上。如果没有钱，干吗要和一个没文化的小老板在一起？如果只看钱，如何对得起自己付出的感情？她不是一个物质万能的女人，但是她坚信没有物质万万不能。她最投入的一次恋爱给了小老板，可是到头来只能跟着他委委屈屈地住小房子开小车子，她心有不甘。

纠结啊，纠结啊，偏偏在最纠结的时候，开宝马的制服男再度出现了。

说来也巧，几年时间都不联系，不知怎的，李宝马又在QQ上冒出来跟宝贝儿打招呼，还给她发了张他新近的制服照。正在纠结要不要跟小老板继续在一起的宝贝儿顿时就脸红心跳了。他是真的帅，虽说很多男人穿上制服之后都会帅上两三成，但是李宝马本身就带着点儿世家子弟的风流倜傥，那风度远非一般人所能及。如果说几年前的宝贝儿被他调戏了一下之后，恶心得恨不得洗澡洗下一层皮，而今已经深谙男女之事的宝贝儿看到他之后，只觉得熊熊欲火照亮我。“想不到他心里还有我。”宝贝儿给自己打了一针麻醉剂，然后就深深地陷了进去。

偷情这种事从来都是一拍即合，宝贝儿和李宝马调戏了一阵子就见了面。然后，就像所有风尘而世故的女人一样，宝贝儿在酒店的大床上，意识到自己“红杏出墙”了。虽然她没有跟小老板结婚，可毕竟她的身份是他的未婚妻。

这样的事，宝贝儿起初是难以跟我们这些闺密启齿的，但是，用她自己的话说，她一个人实在背负不了这么重的道德包袱了。欲望像一只满嘴獠牙的兽，分分秒秒撕扯她的心，可是她又没有勇气跟小老板提出分手。

事情往往是在人们最难抉择的时候出现意想不到的逆转，坏事往往是在人们最想捂住的时候东窗事发。宝贝儿又一次去跟制服男约会时，被小老板的一个朋友发现了，小老板当然也很快就知道了。他用手卡着宝贝儿的脖子差点儿把她掐死，反反复复恶狠狠地说：“信不信我让你后半辈子不得安生！”

那一刻，宝贝儿突然就卸下了千斤重担，心中的魔鬼忽地一下都散了，那些炙烤她的欲火也都瞬间熄灭了。她终于知道为什么有些事到了无可挽回的阶段，当事人都会拍拍脑门儿说：“凉了。”

当然，小老板饶了宝贝儿一条小命，两个人自然而然地分了手。分手之后的宝贝儿突然发觉自己对李宝马失去了兴趣，更奇特的是，听说宝贝儿跟男友分手了，李宝马也不那么主动勾搭了，就像怕她会缠上他似的。宝贝儿不是傻子，她总算明白了，对于李宝马来说，她不过是乏味生活里的一味调剂。她又何尝不是把他当成臆想出来的救命稻草，明知不可能还伸手去触碰？能怪谁呢？不能怪制服，只能怪诱惑。

我怕真实的自己
不值得被爱

林野给我打电话的时候，我正赖在宿舍床上看言情小说。那会儿还没有“霸道总裁”“腹黑律师”这类贴切又言简意赅的称呼，但有钱有势心狠手辣辜负天下人唯独厚爱女主角的男主角形象早已深得少女心。林野的男友就是这种类型。我没男友，只能看小说。

林野在我看得正入迷的时候打来电话说：“我跟慕容云上床了。”

“啊？”我原本躺着接电话的，听到这句话腾地坐起来，手机都拿不稳了，“你跟他上床了？什么时候的事？”

“刚才。”

“等会儿，我这反射弧有点儿不够用。”我不清楚男女第一次上床之后应该有什么表现，但是我觉得至少不应该是女的独自给闺密打电话。很甜蜜的话，她才不会这么火急火燎地来跟我分享，听起来倒像是自杀前想留给人间最后一点儿遗言。我说："你在哪儿，我过去找你。"她说："我就在学校大门口，你出来咱们外面走走吧。"

"你刚那个完，能走路吗？"

"呸！"

我从来没有这么健步如飞过，如何安慰刚刚告别处女身并且告别得并不快乐的闺密，我的知识储备不够用。可我的好奇心空前膨胀，我有太多事情想知道。比如那个最典型的问题："第一次是不是真的很疼啊？"我们这几个狐朋狗友里，林野是第一个跟男友上床的，虽然言情小说、言情影视剧看了不知道有多少，虽说黄段子早就烂熟于心，说出口时脸不红心不跳，但都是有贼心没贼胆，谁都没有真刀真枪地上过男人。林野终于实践了，并且是在慕容云身上实践的，这过程太令人浮想联翩了。

听听，慕容云，这名字，多言情啊。慕容复厉害，慕容沣厉害，慕容云也厉害，慕容家的人都不好惹！人家是律师事务所老板，接待的都是大主顾，专门帮有钱人制定婚前财产公证或者打离婚官司，按照狗血电视剧里的剧情，他就是那种抹着发蜡发丝倍儿亮，马甲板正，领带系得严严实实，跟在大户人家的老爷屁股后面出主意的狗头军师。前些天在新闻上看到，某市的首富甩掉了结婚五年的发妻，一分钱都没给人家，这案子胜诉靠的就是慕容云。他有自己经营的高级私人会所，VIP准入，每年光会费就几十万元的那种。门口虽然没有伦敦腔的英国管家，却有全市最好的私人藏酒库。

这样呼风唤雨的人物被林野搞定了。林野你牛 × ！

林野当然牛 × ，这早已是我们的共识。她是我们当中最漂亮的，最敢逃课的，最有酒量的，最会跟老师甜软撒娇耍赖撒泼要分数的，同时也是最会泡男人的。她第一次见到慕容云的时候就迎上去说："我认识你，你帮我妈做过婚前协议咨询，咨询费用比我妈的婚前财产还多。我妈钱不够，正考虑把我送给你。"当时慕容云刚给我们学校法学院的学生做完讲座，周围还有一群叽叽喳喳问问题的一年级菜鸟。二年级的林野成功让慕容云当众语塞，不过第二天慕容云就送来一打荷兰进口郁金香，花束里藏着一只卡地亚女士腕表。

但是现在的林野看起来并不高兴。她站在学校门口的路灯下，瘦高的身体投下的影子只有脚下的一小团，显得孤零零的。我们学校特奇葩，偏门在主街上，车水马龙非常热闹；正门却临着一条小巷子，隐蔽幽静，到了晚上阴森森的。所以正门通常人很少。

“你干吗一个人戳在这儿？慕容云呢？”

“他送我过来，我让他先回去了。”

“他也太没风度了，把女朋友一个人丢在这乌漆墨黑的地方，不怕狼叼了去。”

“他就是狼呀，所以不觉得狼危险。”

“还能开玩笑，看来不至于寻死，我放心了。”

林野没再说话，两只手插在口袋里沿着马路沿走。我一肚子问号却不好意思开口，就跟着她溜达。秋风瑟瑟，夜色渐凉。走出去很远，林野才说：“我今天忘了去找我妈拿生活费了，要不我们现在去吧。你累吗？累了咱们就打车，不累就走过去。”

“不累，再累也没你累啊。”我恨不得断舌自尽，这玩笑开得不合时宜。不过林野表现得很温柔，并没咬我挠我，而是笑笑说：“好吧，我承认了，我办了件特傻的事儿。本来一群人在会所玩桌球玩得好好的，是我非说要去他家。我认识他那么长时间了，都没去过他家，在场的其他人都去过，我觉得不爽。后来就去了，去了就上床了。”

“你们采取保护措施了吗？”

“没有。”

“你傻呀，这点儿基本常识都忘了？”

“我没忘，我就是当时说不出口。我喜欢他抱着我，不想让他停下来。我想让他停下来的时候，已经晚了。不过无所谓了，反正我也不是太在乎，没什么大不了的。”

“你不怕怀孕啊？”

“他给我吃药了。他家设施太完善，装药的冰箱跟一间小房子似的，有钱人都怕死。不过我介意的是，紧急避孕药就在最外面，拿起来很方便，看样子经常用，像我这种送上门不要白不要的傻子肯定多的是。”

“别自己看轻自己嘛，你是他现任女友，前任都是浮云。”

我这个时候也只能这样安慰她，其实我们早就说过难听的话，从他们交往的最初就知道这是一场毫无悬念的游戏。林野她再牛也是个孩子，慕容云哄她跟哄一条小宠物狗用的是同样的力气。他太懂得拿捏孩子的心理，适度的虚荣和骄纵之后就是极度的温柔和顺从。更何况，他从最开始就不计较输赢，得到她和失去她对他没有任何意义。不在乎，就不会输。光这一点，就够林野学几年。

“他就这么让你回来了，还把你一个人放在学校门口，太孙子了。”

“是我自己要回来的，我觉得没意思。”

“他没说点儿什么？”

“他说，让我好好想想，到底为什么跟他在一起，想好了再给他打电话。”

“什么鬼话，明明是他诱拐少女，还说得跟自己吃了亏似的。”

“其实他说得也对，我觉得我没那么喜欢他。可是，又挺想跟他在一起。哎，我也不知道怎么回事。”她朝空气里踢了一脚，“算了，就这样吧，待会儿见我妈可千万别说这事儿啊，她非撕了我不可。”

“我可不敢说。她会连我一起撕的。”

林野的妈妈有家小广告公司，也算是业界女强人。她很忙，没时间跟林野见面，所以约定每个周末让林野去她公司一趟，拿钱。这算是死约会，免得母女俩长期见不到面会疏远。可这一周一次的会谈也并不显亲近，时间充裕了就吃一顿大餐，聊聊挑男人的眼光，时间不充裕就拿了钱叮嘱两句了事。林野更喜欢后者，反正妈妈那套“找个有钱又有趣的男人才活得过瘾”的理论她并不认同。

林家一家原本住在县城，爸爸是老师，妈妈经营一家小文具店。林野很小的时候，父母离婚，妈妈带着林野出来创业。至于为什么离婚，妈妈每次说的都不一样，有时候说林野的爸爸没出息，有时候说小县城没意思，有时候说是为了让林野有更好的前途，有时候说妈妈有权追求更幸福的生活。总结起来就是，爸爸安于现状、知足常乐，妈妈野心勃勃、锐意进取。

年纪小的时候林野爱刨根问底，年纪大了些之后就处之泰然了，父母的事是父母的事，连他们自己都拎不清，她又何必操心。往来于妈妈身边的叔叔伯伯不少，他们有益于妈妈的事业发展，也有益于林野的钱袋丰盈。妈妈没有时间陪她，可零用钱可以买到很多玩具和朋友。没有她得不到的东西，可她也渐渐不稀罕任何东西，直到她认识慕容云。

那时候林野的妈妈正跟一个企业家大叔谈恋爱，有谈婚论嫁的意愿，但是那大叔身价不菲，要财产公证，林妈妈请慕容云出主意。林野去妈妈的办公室找她拿生活费，从门缝里窥探到他们的谈话。那天不是正式咨询，林妈妈请慕容云过来公司喝茶。跟妈妈谈钱的男人林野见得多了，他们肥胖、秃顶、狡猾、笑里藏刀、淌着口水，每一句话都有多重含义，但慕容云不同，他年轻、英俊、整洁、有涵养，对女人的恭维恰到好处，对工作事宜明码实价。林野突然就有一种想亲近他的冲动，想跑过去抱住他，跟他撒娇，让他拍着她的背讲让她心悦诚服的道理。她已经过惯了丰衣足食的生活，但见到慕容云之后觉得自己太过“贫穷”。

那次当众挑逗之后，林野如愿以偿成为慕容云的小女友，收获了鲜花礼物、男人的恭维和女人的羡慕。但林野还是不开心。她看他的时候觉得很近，挽着他胳膊的时候又觉得很远。她喜欢听他讲话，他的声音悦耳，语速不急不缓，没有戾气，一团和气。枯燥的法理学到了他嘴里都变成生动有趣的典故，三言两语就讲通了，杂乱无章的案例分析经他一点拨顿时就有了条理。她夸他好棒，他笑笑说：“这些都是小意思，等你参加实践了就都懂了。”林野觉得她好崇拜他，好依赖他，可这种想在他怀里被宠溺的念头很容易就被打扰。太多妆容精致姿态优雅的女人往来于他身边，她们理智独立，跟慕容云聊各种话题，甚至跟他打情骂俏。这些女人中间甚至有她妈妈。林野觉得自己危机四伏，并没有足够的自信坚守阵地。

她要离他更近，更彻底地占有他，不输给他身边的任何一个女人。今晚，她把这项计划付诸实践。慕容云的床很大，林野躺上去之后感觉自己像一只掉在地上还不会飞翔的小鸟般无所适从。她开始胆怯，也许她需要的并不是床，而是一个可以让她蜷起身子躲进去撒娇耍赖的鸟巢。慕容云的怀抱就很合适，温暖，干燥。附在他胸前听他说话特别有意思，胸腔嗡嗡的像有回音，他的下巴抵在她头顶上格外舒适。她想要的就是这些，没有别的了，但慕容云给了更多。那张床，毕竟不是爸爸给女儿讲睡前故事用的。

所以林野如愿以偿地睡了慕容云之后，还是不开心。

“我觉得我好蠢啊，像个失了身的雏妓。”

“雏妓失身挣不少钱呢，你连顿消夜都没挣到。”

“呸！”林野骂我，“你就不能说句好话啊，说‘你乖，你不傻，没啥大不了，恭喜你长大成人，以后再不用纠结下面那点儿破事儿’不行吗？”

“行啊，我可以说啊，问题是，有用吗？”

“切，你这种朋友真是白交，关键时刻一点儿用处都没有。”

“你这种朋友才是白交，想要一个拥抱而已，不跟朋友要，非跟男人要。”我拉了一下她的袖子，“过来，送你个成人礼吧，免费赠拥抱，过时不候。我也是够可怜，连个男朋友都没有，三更半夜陪你站在这凉风里玩肉麻。”

林野哼了一声，翻了一个白眼，转身抱住我。

我们做了那么久的好朋友，说尽各种亲密的话和恶毒的话，换衣服穿，睡一张床，在同一个碗里吃泡面，却没有这样矫情地亲近过。我才发现，她比看起来还要瘦，平日里飞扬跋扈的刺猬蜷缩起来不过是小小一只。她在我耳边说话，声音轻得几乎听不见。

“告诉你一件事，你别笑我变态。跟慕容云上床之后，我好想我爸呀。我好多年没见过他了，他上一次来看我还是我高一的时候，给我买了很多新衣服，可是尺码都小了。我跟他发了一通脾气，让他不要再来看我，他一定很伤心。其实我是恨我自己长太高，要是矮点儿就能穿他给我买的衣服了。

“刚才等你的时候，我给我爸打了个电话。他一直没结婚，自己住在原来的老房子里，这么晚了还在给学生改作业。我都不记得他的声音了，但他一下子就听出我的声音，问我过得好不好，上大学认不认真，有男朋友了没有。我特没用，一句话也说不出来，就想哭，可是又不敢哭。

“我不知道我过得好不好，我不知道我算不算有男朋友。我不知道要怎么回答。我比同学们有钱，可是我身边没有爸爸。我总记得很小的时候，他抱着我骑在他的脖子上，摘学校老槐树上的槐树花吃。那花特别香，特别甜，那是我最高兴的日子。可是年纪越大，这记忆越淡，我都快忘光了。我家里一张我爸的照片也没有，我妈妈出来的时候一张都没带。我拼命想我爸的样子，可想起来的都是他拎着一包尺码很小的衣服站在我面前手足无措的样子。慕容云问过我，为什么喜欢他。我说，因为他有钱又长得帅。他夸我诚实，其实我一点儿都不诚实。我最真实的想法是，他像哥哥，像爸爸，他说的一切我都想听，他在我身边我觉得踏实。可是我不能说，说了，我就会成为一个笑话，所有女人都会嘲笑我。”

林野的眼泪是热的，流到我脖子里又变凉了。我一直不怎么喜欢慕容云，或者说，我因为从一开始就不看好这段恋情，害怕林野会受伤，所以打心底里排斥他。可是这个时候，我有点儿希望自己变成慕容云，像他那样懂得安抚女孩的心，懂得用几句好话就让一个哭泣的女孩相信明天会更好。然而我什么都不会说，只能傻呆呆地站着。

我们就这样在黑漆漆的路边站了很久，偶尔有过往的行人回头看我们，估计会把我们误认为是一对情侣。随便吧，有时候情侣的疗伤功效也未必赶得上闺密，不是吗？我觉得她哭够了，就拍拍她后背说："抱够了没，接下来要不要我捧起你的脸在你玫瑰般的双唇上吻一下？"

"滚！恶心死了。"她笑着推开我，抹了一把脸，破涕为笑。

"回寝室吧，洗个热水澡，明天再去见你妈拿生活费。"

“别告诉我妈，慕容云和我爸的事儿都别说。”

“好的。”

“你怎么突然变得这么好？”

“我热衷于收集故事素材，以后写书卖钱。”

林野白我一眼：“这一点你倒跟慕容云挺像，做事只用钱衡量。”

“其实，你还是喜欢慕容云的，是吧？给他打个电话吧，告诉他你是怎么想的。我不是爱情导师，但我觉得他至少是在乎你的。”

“未来的大作家，你觉得我在乎他的在乎吗？”林野掏出纸巾擦干净黑乎乎的眼妆，朝着夜空吐出长长的一口气，“今天我想明白了一件最重要的事，慕容云反倒不重要了。过几天我打算回趟老家，去看看我爸爸。绕这么大个圈子，不就是想爸爸了嘛。想他就去看他啊，跟慕容云一点儿关系都没有。”

“好吧，算你有觉悟。”

我们已经绕到了学校的偏门，临着主街的偏门，灯火辉煌，异常明亮。有人在跑步，有人骑车从图书馆回来。情侣们出双入对，约会归来，或者正要出去约会。每个人都满溢晴朗的朝气，使得空气里萧瑟的秋意都减淡了不少。刚才在小巷子里听林野低声哭泣倒像是一场梦境。

转过脸看林野，并没有什么异样，妆容虽然花了一点儿，但眼睛明亮，映着街上的灯火，周身散发出一种全新的磁场，像是毛毛虫破茧成蝶，闪耀出一种异乎寻常的美。我终于忍不住问出心里最好奇的那个部分："当时，你疼吗？"林野轻蔑又怜悯地看了我一眼："No pains，no gains. 这句话到处都适用呢。"好吧，告别少女的晚上，她的黄段子段位果然更高级了。

爱艰难些，还是承受艰难些

许凉名字的由来，按她妈妈的说法是，她在娘胎里整日不安分，所有人都觉得她会是男孩，她爸爸喜欢男孩，恨不得提前摆酒庆祝。可她偏偏是个女孩，出生时她爸爸觉得一盆凉水泼头，连起名字的心思都没有，干脆地说："就叫许凉吧。"偏偏那几年国家推行计划生育政策特别严格，许凉妈妈再没有生儿子的机会，许凉爸爸觉得断了后，一气之下离家出走，再没回来。所以，许凉没见过爸爸，不知道被爸爸捧在手心里当小公主是什么滋味。

这个生下来就没有男性关爱的女孩，渐渐长成了男孩的样子，短发，猴子一样精瘦，看人的时候目光灼灼并带杀气，受到委屈时不辩解，只把嘴巴紧紧抿成一条缝，嘴角淌着凉意。老师们都头疼，一个孩子在该笑的时候不笑，该哭闹的时候不哭闹，必定有祸害的潜质。

老师们自然不了解，这样的孩子有自己的世界。对于许凉来说，哭也好，笑也罢，都是学校高墙外面的事，毫无生气的桌椅板凳、课本作业不可能左右她的悲喜，她更喜欢看活生生的人，比如同年级的赵光磊。他是老师们眼中的宝，长得秀气，学习成绩好，乖巧懂事，父母是市医院年轻有为的医生，每次来参加家长会时都彬彬有礼，在一群叽叽喳喳的家长中颇为鹤立鸡群。有时许凉自己也搞不清楚，究竟是喜欢赵光磊，还是喜欢赵光磊的家庭。不管怎样，她就是喜欢多看他几眼，无论是课堂上、操场上，还是放学回家的路上。

但是她和他从来没讲过话。小学六年，中学两年，一直没有。许凉是老师眼中的问题少女，赵光磊是模范生，这两个世界没有交集，连空气质量都不同，许凉懂。清者自清，浊者自浊，不去做非分之想就不会惹祸上身，这是她妈妈灌输给她的理念。她从小在妈妈的自卑阴影下长大，除了自我保护能力超级强悍，自我安慰的功力也是一流。

但是初三刚开学的时候，这两个世界突然天雷动地火。赵光磊在放学回家的路上被几个小混混拦住，要钱。赵光磊不给，挨了几记耳光。小混混捋胳膊挽袖子要群殴他的时候，许凉的自行车从后面赶上来，闷闷地说了声：“你们几个要点儿脸，有本事冲我来，欺负一个乖孩子算什么本事。”

混混认识许凉，知道她虽然乍一看其貌不扬，但是跟好几个中学的“老大”都是朋友。学校里也有“神行太保”，各种藏匿在老师眼皮子底下的渣滓都可能成为学生中的黑势力。混混逗许凉，言语轻佻：“你是跟六中强子混的，现在替这小白脸出头，当心以后强子找你算账。”

“强子找我那是我的事。你们今天别为难他。”许凉转向惊魂未定的赵光磊：“走吧，他们不敢把你怎么样。”看赵光磊还傻站着不动，许凉抬脚踹了一下他的自行车：“走啊，聋了？”

赵光磊深吸一口气：“我不走，万一我走了，他们欺负你怎么办？我留下来保护你。”

许凉哈哈大笑：“感动死了，走吧，我请你吃刨冰，看他们谁敢跟上来。”

赵光磊第一次放学后单独跟女生一起吃刨冰，还第一次去了游戏厅，第一次把游戏币投到游戏机里，手握操纵杆跟随屏幕上的图像心潮澎湃，作业什么的都被丢到脑后。他终于明白为什么有那么多人沉迷游戏不想上学，学校还办什么告别游戏誓师大会，号召大家都远离游戏厅。人生不过一场游戏，年少时不好好练习，以后怎么独当一面？

离开游戏厅已是晚上九点，夜风稍凉，路边的大排档还有烟火气。许凉和赵光磊都单手推着自行车，另一只手举着烤串，边走边吃。那时候的市政建设没有现在好，路灯似乎永远有一半是灭掉的，不灭的一半也不怎么明亮，昏昏暗暗，暧昧不明，把两个推自行车的身影拉得好长。许凉吃完了烤串，随手甩掉竹签子，用手背抹抹嘴说："看不出来，乖宝，你打起游戏来也是瘾头儿十足嘛！真难为你还代表初三年级在告别游戏厅大会上宣誓，啧啧。"

赵光磊也吃完了烤串，从书包里摸出纸巾擦嘴，笑着说："你能不能别挖苦我。还有，你能不能别叫我乖宝。"

"那叫你什么？"许凉一双大眼睛骨碌一转，尖着嗓子学动画片里狐狸精的声音，"叫你帅哥？"嘴角还挂着烤串上的辣油，故意做出来的媚态惹人发笑。

赵光磊忍着笑意，拿纸巾轻轻擦了擦她的嘴角："你呀，就是平时装酷，骨子里还是个调皮捣蛋的小孩子。"

话音未落，那个调皮捣蛋的小孩子突然凑过来，踮起脚尖，把自己的嘴唇印在了他的嘴唇上。赵光磊只觉得手脚酥软，自行车“咣当”一声倒在了地上。

暗无天日的初三复习从那个吻开始，有了亮光。许凉终于原谅了从前那些喜欢围在赵光磊书桌前问问题的女生，她终于懂得那种迫切希望得到关注的心情。以前看到那些愚蠢笨拙的女生没完没了追着赵光磊问这问那实在可笑，现在她恨不得三拳两脚打跑那些小妖精，自己坐在他身边，陪他听完每一堂课，做完每一道题。她早就被班主任画进了“破罐破摔”黑名单，所以，虽然她个子不高，也坐到了班级的最后一排。而赵光磊，虽然个子高，但是为了让他跟后排的“祸害分子”划清界限，班主任让他坐到了中间位置。隔着三排，像隔着银河。自动长成“小透明”的许凉平生第一次有了被关爱的渴望，只要赵光磊回头看她一眼，或者他帮老师发卷子发作业时走过她身边，冲她笑一笑，或者放学时变魔术一样在书包里摸出两个棒棒糖递给她，她都觉得人生有了意义。

放学回家的路是许凉最喜欢的部分。她不再跟混混们来往，其他学校的人来找她她也一概不理，只和赵光磊一起，有时去公园漫无目的地瞎逛，有时去图书馆阅览室做作业。起初也去游戏厅，但是经常会碰到来找碴儿的小混混，为避免不必要的争吵，许凉就不再去。倒是赵光磊上了瘾，动不动就说要去打游戏，许凉在他胸口捶一拳："打什么游戏，不学好，剥你的皮！"小巧的嘴巴闭得紧紧的，鼻尖冲着他的脸。赵光磊恨不得自己更加不学好，让她的拳头多捶几下。

中考后，赵光磊读了重点高中，许凉考进了技校。她成绩不好，即使勉强进一所烂高中，考大学也没什么指望。再说她妈妈已经下岗，家里没什么经济来源，她想早点儿挣钱养家。赵光磊说："我要住校，但是我每个周末都去看你，我保证！"

许凉整个人像树袋熊一样吊在他身上，两条细细的胳膊紧紧环住他的脖子。"乖宝宝，你要说话算数。敢到处勾搭小姑娘，被我知道了，阉了你！"

赵光磊已经听惯了她说些疯言疯语，但涉及生殖器官还是第一次，只觉得脸红耳热，不知道该怎样应对这个过于热情的拥抱。许凉依旧瘦，但是初三这一年零食吃得多似乎胖了些，胸部有了柔软的质感，两个人抱在一起的时候他明显感觉彼此的心跳跌宕起伏地共振到了一起，蕴含着无坚不摧的杀伤力。她在他耳边小声说话，噗噗的热气直钻他的耳朵眼："你们寝室几个人住？如果我去学校看你，能留宿吗？"

那个晚上赵光磊做了无数个梦，每个梦里都有许凉，蛇一样冰凉的身体紧紧缠绕住他，两个人的周围升腾起一片云蒸霞蔚。突然梦醒，胯下一片冰凉，他偷偷跑去换内裤，不知道没有许凉陪伴的三年要怎么熬。

赵光磊被困在高中寒窗苦读的时候，许凉开始了为生活辛苦奔忙。世事难有锦上添花，多的是雪上加霜。许凉的妈妈查出了乳腺癌，还好发现得及时，可以动手术，实施化疗。但费用对于这个由两个女人支撑起的家来说，已近天价。妈妈下岗时单位补贴了一些钱，支付了手术费和住院费，家里再没有半点儿存款。许凉想过卖房子，可是房子不在妈妈名下，那是外婆生前留下的，白住了这么久，舅舅和舅妈已经有了怨气。妈妈说："闺女呀，妈不做化疗了，你别为钱的事儿犯愁。妈早听人说，癌症不一定就死人，只要心情好，不生气，经常锻炼身体，有些得癌症的人可以活十几二十几年呢！"

许凉瞪她一眼："那都是安慰人呢。你别胡思乱想，大夫让你怎么治，你就怎么治！我哥们儿多，凑这点儿钱还不容易！"

妈妈还想说些"女孩子别去求人，会吃亏"的话，硬生生被许凉堵住了嘴："妈，你放心，你闺女还不至于为了钱去跟人睡觉！”

许凉安抚了妈妈，又去找了在医院当医生的赵光磊的爸爸妈妈，说自己是赵光磊的同学，现在妈妈得了癌症，需要联系最好的医生，不怕花钱，无论是送礼还是送红包，只要能够给妈妈治病，怎样都行。赵光磊虽然不敢把这位小女友正式介绍给爸爸妈妈，但是偶尔在家也会提及，并且在毕业照上指出来给父母看过。赵妈妈对这个瘦丁丁但是有一双大眼睛的女孩有很深的印象，没想到她人小鬼大，竟然想到来“行贿”。红包当然就免了，她帮忙奔走，给许凉的妈妈联系了最好的主治医师。许凉嘴上没说，心里想，这世间终究是有温暖的，而这温暖恰恰来自她喜欢的人，为此，她不觉得命苦。

搞定这件事，许凉又对赵妈妈讲：“请您一定不要对赵光磊说这件事。一定。”

赵妈妈想逗逗这个小女孩，就问：“为什么呢？”

许凉说：“他太善良，知道我这么倒霉，肯定东想西想的，会影响学习。我听说重点中学压力特别大，万一他因为我的事情分了神掉了队，我会恨死我自己的。”

赵妈妈满眼笑意，答应许凉守口如瓶。

还有一件事，许凉甚至瞒过了亲妈。她退学了。她让当初一起玩的小混混强子帮她找工作，不怕吃苦受累，只要能够挣到给妈妈做化疗的钱。强子曾是第六中学的“老大”，留级留了三年，是学生中的“老前辈”，没少给许凉撑腰，但是一直把许凉当“小兄弟”看。直到许凉跟赵光磊谈恋爱，才发觉她其实是个“小女孩”，为此还曾经打趣她：“小凉子，为了一个乖宝宝，都变性啦！”那会儿许凉满眼只看得见赵光磊，完全不把曾经罩着自己的“老大”放在眼里。现在，大难临头，赵光磊在学校里念书，挣钱的事只能找强子。

强子说：“你才十六岁，能干吗？哪儿都不敢要你。”

许凉甩甩半长的碎发，挺了挺胸脯：“其实我十八岁了，只是个子小。”

“既然你这么说，那我就帮你找活儿干。”

强子言出有信，没过几天就给许凉找了个差事。那会儿流行溜旱冰，市里有个溜冰场生意火爆，强子托了关系把许凉送进去在售票处工作，每个月四百块钱。那是什么标准，当年许凉的初中老师每个月工资不过七八百块。但是没过几天，许凉就辞职了，嫌钱少。强子劝她：“小姑娘，别太贪心，钱多有钱多的挣法儿，哥哥怕你吃亏。”

“我不怕吃亏。”说完又心虚，改口说，“有哥罩着，我吃不了亏。哥哥，帮我找个挣钱快的活儿吧，我妈等钱治病。”

说完看看强子的眼色，小心翼翼地说，“你不是说娱乐城里推销啤酒的小费特多嘛，你介绍我去吧，我能行。”

强子“呸”了她一声：“把你送那儿去，我怕折阳寿！你以为卖酒就是把酒给人家你收钱啊，那是得陪人喝的，还得卖笑，弄不好还……”强子瞥了许凉一眼，没往下说，“反正你别去，老老实实在溜冰场卖票，钱的事儿，我帮你想想办法。”

许凉第一次像女生一样撒娇，拉着强子的胳膊摇摇晃晃：“强哥我知道你是为我好，我不傻，我知道保护自己。你让我去卖酒吧，我真的需要钱。你介绍我去，还有人照应。要是我自己去应征，可能就更危险了。”说着还嘟起嘴巴。

强子认识许凉好几年，一直把她当男孩看，这是第一次重新打量她。头发长了，前面的刘海拿了个小卡子胡乱别了一下，露出宽宽的额头；眼睛很大，就算不画眼线不粘假睫毛，也显得立体又生动；鼻子挺，鼻头小，很俏皮；嘴巴不好，嘴唇太薄，据说嘴唇太薄的女人命不好，但是命不好并不影响美观啊；再说，她的脖子怎么那么细，让人有种伸手去捏捏的冲动……

“强哥强哥，帮帮我，帮帮我！”许凉继续拉着他的胳膊晃荡。强子有些受不了，用力甩开她的手说：“你去试两天，要是有坏蛋占你便宜，告诉哥。”

“谢谢哥！你最好！”

许凉去做了啤酒促销。她年纪小，又瘦，给人弱不禁风的感觉。偏偏有客人喜欢调戏她这种未成年少女，逗她喝酒。她脾气倔，不会撒娇求饶，更不肯被人占便宜。客人让她喝她就真喝，把自己往死里灌，喝得旁边的人都害怕，赶紧掏钱埋单。几天下来，拿到的提成抵得上售票处一个月的工资，她像是挖到了金矿，越发不可收拾。

工作大部分都是在晚上，所以白天有时间，她会偷偷跑去学校见赵光磊。他完全不知道许凉家里发生了什么，只顾着在全新的环境里奋力拼杀。重点高中里都是学霸，以前他在初中算是佼佼者，可到了这里很快就被淹没，几次月考都停留在班级中游，有一次化学考试竟然刚刚拿到及格分数。虽然老师安慰大家，学校进行的是一步到位的应试教育，日常考题难度都跟高考持平，考得不好很正常，但是赵光磊的自信心和自尊心严重受挫，平日里胸有成竹的乐观完全消失不见。只有见到许凉的时候，他才感觉到片刻温存。

“乖宝，你怎么瘦了这么多，是不是整天忙着跟女学霸调情，太耗费精力。”许凉伸手捏赵光磊的脸，逗他笑。赵光磊把她紧紧抱在怀里。但是他粗心，完全没有注意到真正瘦的人是许凉，喝酒喝到胃出血去医院输液的那个人，体重只剩下七十斤。

“有时候真想逃离这儿，找个只有我们俩的地方，没有作业和考试。”赵光磊这么感慨。

许凉不说话，拍拍他的后背。他是温室里的花朵，不晓得天灾人祸的难处。一天不接触社会，他只会把考试分数看成人生最大的挫折。他想不到，在他为名次和分数多愁善感的时候，她面临的才是真正的生死考验。许凉妈妈的病时好时坏，化疗虽然有效控制了病情，但副作用也大，手术切掉了胸部，化疗化掉了头发。妈妈曾经是那么爱美的人，现在连镜子都不敢看一眼。有时候许凉真希望自己长醉不醒，不用面对这些难题。可害怕有什么用呢，每次醒过来，还不是要冲着镜子挤出一个笑脸，去哄妈妈开心。赵光磊的怀抱是她的避风港，即使避不了一生一世，片刻安宁也足以让她刻骨铭心。

两年后，许凉的妈妈撒手人寰。去世前，妈妈拉着许凉的手，说了很多很多对不起。她说：“其实你爸爸没有走远，他离我们很近。他想回头来找我们，我拒绝了。以前当着你的面，我说了他不少坏话，是怕你离开我去找他。他有他的难处，以后见到他，你不要怪他。”许凉说：“放心吧，妈妈，我不会为难他。”

虽说一直在努力挣钱，但因为治病开销大，许凉还是欠了一些债，大部分来自强子。强子早已表明心意，愿意做许凉的男朋友，那些钱不用她还，但是许凉咬定了不同意。

“你还真等那小白脸啊，你得等到啥时候，人家上了大学就真的远走高飞了，还会记得你？”强子说话没轻没重，多喝了几杯酒，专门往许凉的心上扎。

但是许凉不介意。她说她没想过要等他，只是已经习惯了心里有个牵挂。“大哥，你心里有人吗？”许凉拍拍自己的心，“如果心里有个人，不管你遇到多少糟心的事儿，这儿都是暖的。有口气，支撑着你不倒下，不堕落。”

强子挠挠脑袋说：“太深奥了。我不关心心里有没有人，我只关心胃里有没有食儿。”

许凉把长发胡乱往脑后一绾，笑说：“所以说，你，不懂。”

离高考还有半年，为了能够更好地集中精神复习，赵光磊搬离了学校的学生宿舍，在学校外面租了房子，每天有阿姨帮忙打扫卫生做消夜，他爸爸妈妈有空儿的话也会过去陪他。许凉自然也会去，赵光磊第一时间给她配了一把钥匙。

许凉一直觉得，那是她最喜欢的一个家，虽然只是临时租来的，虽然只是偶尔才能过去偷偷看一眼。学校晚自习上到九点半，赵光磊差不多十点钟可以到家。阿姨煮好了消夜离开，只剩他们两个人，守着一锅八宝粥或者一锅鸡蛋面，头挨头大口大口地吃。许凉说：“你读书费脑子，你要多吃。”然后把面条里的鸡蛋全部盛到他的碗里。赵光磊喜欢一边吃一边憧憬未来：“等我考上外省大学，我们就一起走吧，我可以打工养活你。”

许凉胃不好，消夜吃多了不消化，吃几口就停下看着他，随着他憧憬各种美好幻景，然后又逐个戳破。只要他顺利考上大学，她的使命就算结束。她相信有至死不渝的爱情，却也相信相爱的两个人不一定能在一起。她和赵光磊完全是两条路上的人，能够走这一场已是缘分，额外的福祉她不会奢求。

第一次在一起的时候，赵光磊有点儿紧张。许凉逗他：“你还要当医生呢，碰女生身体都这么害怕。”赵光磊被施激将法，豪气地把光溜溜的许凉往床上一丢，两个人笑着抱在一起。天地玄黄，最快乐的莫过于肌肤相亲。流连于唇齿的甜言蜜语都会随风而逝，一个身体对另一个身体的想念却是最牢固的纪念。对于赵光磊来说，日后的大富大贵平步青云都好，却再没好过初尝人事时小儿女的耳鬓厮磨。

快到夏天的时候，许凉发觉自己怀孕了。不能告诉赵光磊，他会分神。到这时许凉突然羡慕狗血电视剧里那些未婚先孕被妈妈痛骂的女主角，至少她们能够找人商量，她找谁呢？她跑去妈妈的坟前坐了半天，最终决定给强子打电话，说："我怀孕了，想把孩子生下来。"

强子那时刚刚买了时髦的"大哥大"，听到这话险些摔地上。"你疯了？那小子不认账？你别急，我先带你去做手术，然后去修理他。"

许凉紧着劝："跟他没关系。我不打算嫁给他啊，我就是想要这个孩子。如果我的肚子大起来，你就说是你的，行吗？"

强子再一次被挑战底线："你这是看哥哥我脾气好！"

许凉隔着电话卖萌："哥，这么多年了，你都护着我，再帮我一次嘛！"

强子顿时没了脾气："我真是上辈子欠了你的！"

赵光磊金榜题名，考上了最好的医科大学。他兴高采烈地告诉许凉，约她跟他一起走。许凉叹气说："傻子，我怎么可能离开。我早就是强哥的人了。"

赵光磊以为她在开玩笑，还宠溺地捏她的脖子："再胡说八道，我可要惩罚你了。"

许凉推开他的手："我没开玩笑，我说的是真的。乖宝，你在学校专心读书，哪里想过我们这些小混混的苦处。我都没告诉你这几年我经历了什么，过得有多难。多亏强哥照顾我，给我解决各种麻烦。咱们不是一路人，你去当你的大医生，我留下来做强子的压寨夫人。咱们留着美好的回忆，以后老了慢慢聊吧。”

许凉永远忘不了赵光磊红着眼睛一遍遍说“这不是真的，你骗我”那歇斯底里的样子。他生得白，许凉甚至忌妒他比她还白。但是那天他满脸充血，连脖子都红了，眼珠也是红的，像是被凶神恶煞附体了一般，捏着她细细的胳膊恨不得把她撕碎，口口声声问她究竟为什么。有那么一瞬间，许凉真想说：“是我不好，是我骗你的，我怕拖你后腿。现在我不怕了，我跟你走。”但是她忍住了，语气坚决地说：“答案很简单，我跟你不是一路人，我和强子才是。”

这世上最无奈的时差莫过于男生总是晚熟于女生，而过早经历生活磨砺的女生，成长速度更是远远超过男生。年少的爱恋最纯真，却也最残忍，因为它硬要两颗不同步的心因好奇黏在一起，却又因不同步而最终剥离。

后来赵光磊再没回来过，许凉听人说，他读的医科大学本硕博连起来，恐怕要十几年。十几年，许凉的儿子都要读中学了。每每想到这一点，许凉就很安心。儿子名叫许小良，跟他爸爸一样会读书，五岁就认识很多字，在幼儿园里一直是老师最喜欢的孩子。

许小良刚进小学的时候，赵光磊的妈妈找过许凉一次。她说赵光磊要结婚了，要回家办婚礼，问许凉要不要来参加。赵妈妈手机里有赵光磊和未婚妻的照片，两个人是大学同学，又跟同一位导师读研究生，比翼齐飞，如传说中般配。许凉看了又看，说，真好。

这几年，赵光磊的妈妈帮过许凉不少忙。孩子出生的时候找过她联系好医生。孩子很小的时候爱生病，日日夜夜地哭，吓得许凉也哭。她实在没办法，半夜打电话给赵妈妈，说："阿姨，求求您，救救我的孩子。"赵妈妈连夜带她们母子去医院，嗔怪她："你自己明明还是个孩子，怎么担起这么大的责任？"温暖的手拂过许凉的头顶，她觉得好像妈妈又活过来了。她给赵光磊封了个红包，写上她和强子两个人的名字，托赵妈妈转交。她说周末要带孩子去上兴趣班，就不去参加婚礼了。在守口如瓶这件事上，赵妈妈惊人地守信。

许小良问过爸爸在哪儿。每次问，许凉都说，强子就是爸爸呀。许小良说不是，强子是消防员，不是爸爸。许凉就笑，这么多年，强子都在帮她，她笑称他是她的救火队员，专门救急。强子嘴硬心软，每次都是骂她之后再帮她处理难题。只有孩子出生上户口的时候强子犯了难，说搞不到出生证。许凉思前想后，说："看来我只能找他帮忙了。"直到那时强子才知道，许凉的亲生父亲是他们这片儿不大不小的一个官，只要许凉开口，他能帮着搞定一切。只怪这小姑娘太倔强，不到迫不得已，坚决不向他乞怜。

最苦的时候，许凉带着许小良卖过菜，卖过服装，卖过海鲜，也帮人打理过网吧。后来她跟强子学炒股，赚了点儿钱之后又炒房子，居然也赚了不少钱。日子渐渐好转，孩子渐渐长大，许凉就告诉许小良："不是爸爸不管我们，爸爸很爱你，只是现在还不能过来看你，等你长大了，好好读书，爸爸就回来了。"许小良说："我最爱妈妈。"两只小手紧紧抱着许凉，许凉觉得自己拥有了全世界。

许凉一直没结婚，儿子的个头儿快赶上她了，她还是那么瘦，那么漂亮。长发绾起来的时候，侧影像娜塔莉 · 波特曼。儿子说："妈，现在就流行你这样的，不老的少女。"许凉在他后脑勺上拍一把："乖宝，就会哄你老妈开心。"心里有股暖流往上涌，她觉得那是她理解的爱。

图书在版编目（CIP）数据

一场关于前男友的葬礼 / 张躲躲著．— 北京：北京联合出版公司，2016.3

ISBN 978-7-5502-7007-7

Ⅰ．①一… Ⅱ．①张… Ⅲ．①短篇小说—小说集—中国—当代 Ⅳ．①I247.7

中国版本图书馆CIP数据核字（2016）第014951号

一场关于前男友的葬礼

作　　者：张躲躲
出 品 人：唐学雷
责任编辑：赵晓秋　王　巍
特约策划：魏　凡
装帧设计：TEAYA

北京联合出版公司出版
（北京市西城区德外大街83号楼9层　100088）
北京鹏润伟业印刷有限公司印刷　新华书店经销
字数130千字　880毫米×1230毫米　1/32　7.5印张
2016年3月第1版　　2016年3月第1次印刷
ISBN 978-7-5502-7007-7
定价：36.80元

如发现图书质量问题，可联系调换。质量投诉电话：010-82069336